Die kleinen Bücher der Arche

ARCHE

Inhalt

In Kader Abdolahs Geschichte über einen iranischen Flüchtling, der in Amsterdam um Asyl bittet, sitzt eine alte Krähe im Kastanienbaum vor dem Haus von Anne Frank. Sie sieht, wie der Fremde Gedichte und Romane liest, um die niederländische Sprache zu lernen. Wie er in einer Kaffeefabrik am Fließband steht und sich danach sehnt, als Schriftsteller Erfolg zu haben. Wie er es schließlich schafft, einen eigenen Kaffeeladen aufzumachen und seine Familie aus dem Iran zu sich zu holen. Und nur sie weiß von seinem großen Traum – dass irgendwann die niederländische Königin zu ihm kommt und sagt: »Ich habe Ihr Buch gelesen.«
Voller Poesie und aus eigener Erfahrung erzählt Kader Abdolah von einem Schicksal unserer Tage und von der unerschütterlichen Liebe zum Schreiben und zum Leben.

Der Autor

Kader Abdolah, 1954 im Iran geboren, studierte Physik in Teheran und war in der Studentenbewegung aktiv. 1988 floh er mit seiner Familie nach Holland. Kader Abdolah zählt zu den bedeutendsten iranischen Exilschriftstellern und ist in den Niederlanden ein Bestsellerautor.

Die Übersetzer

Christiane Kuby, geboren 1952 in Frankfurt am Main, lebt in Amsterdam. Seit 1996 übersetzt sie aus dem Niederländischen. 2012 wurde sie für die Übersetzung des Romans *Götterschlaf* von Erwin Mortier mit dem Else-Otten-Preis ausgezeichnet.

Herbert Post, geboren 1947 in Paderborn, lebt in Amsterdam. Er übersetzt seit 1997 Sachbücher und Belletristik aus dem Niederländischen und Englischen.

Kader Abdolah

Die Krähe

Novelle

Aus dem Niederländischen
von Christiane Kuby und Herbert Post

ARCHE

1. Der Laden

Leser!

Ich bin Kaffeemakler und wohne an der Lauriergracht 37. Ich hatte nie den Wunsch, Kaffee zu verkaufen, doch das Leben hat es so gewollt.

Ich stamme aus dem ehemaligen Persien, dem Land der alten Könige, dem Land des Goldes, der fliegenden Teppiche, der bildschönen Frauen und dem Land Zarathustras.

In meiner Heimat hatte ich den Ehrgeiz, Schriftsteller zu werden, aber davon kann man in den Niederlanden nicht leben. Deshalb bin ich Kaffeehändler geworden. Wenn ich nicht unterwegs bin, verkaufe ich Kaffee in dem kleinen Laden unter meiner Wohnung.

Abends nach der Arbeit widme ich mich dem Schreiben. Trotz der Proteste meiner Frau verbringe ich dann die ganze Nacht in meinem Zimmer unter dem Dach.

Ich muss gestehen, dass ich der Verfasser des Buches bin, das Sie in Händen halten, aber der Name ist ein Pseudonym. Auf diese Weise versuche ich, den Kaffeemakler und den Schriftsteller auseinanderzuhalten.

Seit ich diesen Namen gewählt habe, kann ich in meinen Texten das Wahre nicht mehr vom Unwahren unterscheiden.

Manchmal erzähle ich Sachen, von deren Wahrheitsgehalt ich nicht ganz überzeugt bin, doch zu meiner Überraschung klingen sie glaubwürdiger als die Wahrheit.

Wahrscheinlich hängt es mit der Flucht aus meinem Vaterland zusammen. Wer nie mehr in seine Heimat zurückkann, ist in der Welt der Fantasie zu Hause.

Auf der Grundlage dieser Erkenntnis habe ich mich ans Schreiben dieses Buches gemacht.

Ich möchte Ihnen berichten, was geschehen ist und wie ich an der Lauriergracht 37 gelandet bin.

Aber vorläufig verabschiede ich mich; ich muss nämlich zur Börse. Demnächst werde ich Sie einladen, mit der Lektüre zu beginnen.

2. *Das Porträt*

Ich hatte einen ungewöhnlichen Vater, er war Tischler.

Obwohl er kaum lesen konnte, hatte er immer dasselbe Buch in seiner Arbeitstasche.

Eigentlich war er ein Künstler, doch niemand in unserem Viertel kannte das Wort. Abends zeichnete er mit einem schwarzen Bleistift auf große Bogen Papier, vor allem Porträts von historischen Persönlichkeiten, großen Dichtern, Schriftstellern und Königen. Er hängte sie an die Wände unseres Hauses.

Meine Mutter, meine Schwestern und ich waren die Einzigen, die ihn zeichnen sahen, wir verrieten niemandem etwas davon. Wir sagten auch nichts über die Türen, Schränke und Fenster, die er in seiner Werkstatt anfertigte. Er war einfach unser Vater, der tischlerte und zeichnete.

Eines Abends überraschte er mich mit einer bemerkenswerten Zeichnung. Ein Porträt des Schahs, das täuschend ähnlich war. Ich fand es so gut, dass ich es in die Schule mitnahm und meinem Zeichenlehrer zeigte. Einen Monat später wurde es mit einem Foto meines Vaters in unserer bescheidenen Stadtzeitung abgebildet.

Es sollte der Höhepunkt der Künstlerkarriere meines Vaters sein.

Mein geliebter Vater hatte mir verboten, ihn in seiner Werkstatt zu besuchen. »Du würdest dich an den Geruch des Holzes gewöhnen, ich möchte nicht, dass du Tischler wirst.«

Ich wollte überhaupt nicht in die Werkstatt meines Vaters, sondern in die des alten Webers nebenan. Der Weber besaß ein kleines Radio. Ich setzte mich zu ihm. Während er webte, reichte ich ihm die farbenprächtige Wolle und hörte Radio.

Bei uns hatten die Männer lauter gewöhnliche Berufe wie Tischler, Krämer, Maurer, Bäcker, Weber und Friseur. Mein Vater sagte: »Es mag schon sein, dass alle hier mit den Händen arbeiten, aber der Vater deines Großvaters war ein bedeutender Dichter. Du musst alles daransetzen, auch einer zu werden.«

Er hängte ein Schwarz-Weiß-Porträt dieses Urgroßvaters über mein Bett und sang uns Kindern vor dem Einschlafen leise seine Gedichte vor.

So sorgte mein Vater dafür, dass der Geist unseres Urgroßvaters wie eine Lampe in einer Nische unseres alten Hauses brannte.

Als ich fünfzehn war, wollte ich wie der Mann über meinem Bett ein persischer Schriftsteller werden, aber je älter ich wurde und je mehr ich las, desto schwächer wurde dieser Wunsch, denn ich erkannte, dass es unmöglich war, jemals etwas Lesenswertes zu erschaffen.

Meine Frau ruft nach mir, ich muss aufhören. Morgen Abend nach Ladenschluss erzähle ich weiter.

3. *Die Einbildungskraft*

Die Stadt, in der wir wohnten, war klein, aber sie besaß eine reichhaltige Bibliothek mit den Werken der großen persischen Dichter. Lange Reihen alter Bücher mit braunen, schwarzen und dunkelgrünen Einbänden, auf ihnen die Namen Hafis, Saadi, Rumi, Omar Chajjam, Attar, Firdausi und vieler anderer, die die persische Sprache und Literatur geformt haben.

Ohne diese Klassiker fühle ich mich wie ein Fisch auf dem Trockenen.

Manchmal, wenn ich in der Börse bin, ertappe ich mich dabei, dass ich wie in Trance persische Gedichte aufsage. Die holländischen Kaffeehändler stoßen sich dann an und sagen: »Seht mal, der Perser murmelt wieder seine Koranverse.«

Ich hatte einen jungen Onkel, der in Teheran wohnte und in der Filmbranche arbeitete. In unserer Stadt hatte noch nie jemand ein Kino von innen gesehen, aber Onkel Dschalal arbeitete in einem Kino, das ein Amerikaner eröffnet hatte.

Eines Abends sah er mich in der Stadtbücherei.

»Nicht bewegen, bleib so zwischen den Bücherschränken stehen«, sagte er und machte ein paar Fotos. »Na, worüber zerbrichst du dir gerade den Kopf?«

Ich umarmte und küsste ihn. Auf dem Weg nach Hause machte ich meinem Herzen Luft: »Wenn ich all die Bücher sehe, verliere ich den Mut. Die Meister haben schon über alles geschrieben, für mich haben sie keinen Platz mehr gelassen. Was ich auch schreibe, immer werde ich in ihrem Schatten stehen.«

Onkel Dschalal war ein Genussmensch, er sagte: »Ach, Junge, du brauchst doch nicht unbedingt Schriftsteller zu werden, es gibt doch genug anderes im Leben.«

»Ich will nichts anderes machen«, antwortete ich.

»Dann hör mir mal gut zu, mein Junge«, sagte er leise. »Ich habe fast alle persischen Dichter gelesen. Die alten Meister behaupten alle, dass Gott, als er den Menschen schuf, in ihm einen Teil von sich selbst hinterlassen hat. Er hat dem Menschen eine seiner großartigsten Eigenschaften geschenkt, die Einbildungskraft. Von diesem Geheimnis wissen nur die edlen Menschen. Darum, junger Mann, lass dir etwas einfallen und mach es möglich. So wie Gott das getan hat. Er dachte an einen Menschen und erschuf den Menschen. Er dachte an eine Sonne und erschuf die Sonne. Das ist das Geheimnis.«

»Aber was soll ich mir denn einfallen lassen?«, fragte ich.

»Versuch dir vorzustellen, dass du das erste Exemplar deines ersten Buches in den Händen hältst. Dass du vor lauter Glück das Gesicht zwischen die Seiten presst und den Geruch des Papiers einatmest. Verstehst du, was ich meine?«

»Ja. Ich meine, nein, nicht ganz.«

»Lass uns Mohammed, den Propheten, als Beispiel nehmen. Er war Analphabet, doch er sah ganz deutlich ein großes Buch vor sich. Er konnte selbst nicht schreiben, aber er hielt Leute auf der Straße an und erzählte ihnen von seinem Buch. So schuf er ein bedeutendes Werk, ohne auch nur ein einziges Wort zu Papier zu bringen. Das erledigten andere für ihn.«

Ich lachte. »Onkel, was erzählst du denn da!«

»Das klappt auch in der Liebe, aber erzähl das bloß nicht deinem Vater. Ich liebe schöne Frauen und bekomme jede, die ich will.«

»Onkel, so etwas darfst du nicht sagen.«

»Hör zu«, sagte er ernst, »du musst wissen, wie und wo du sie haben willst. Alles muss erst hier oben stattfinden.« Er tippte mir sanft an den Kopf.

Als wir fast zu Hause angelangt waren, flüsterte er: »Nicht vergessen: in deinem Kopf.«

Leela war das schönste Mädchen in unserer Straße. Ich dachte ununterbrochen an sie.

Unsere Gegend war berühmt für ihre purpurroten saftigen Trauben. Die Traubenlese war Frauenarbeit. Zu Hause machten sie daraus Sirup und andere Getränke.

In der Stadt der purpurroten Trauben verliebte ich mich in Leela. Wir kannten uns zwar, aber es war so gut wie unmöglich für uns, einander zu treffen. Außerhalb des Hauses trugen Frauen einen Tschador und zeigten sich fremden Männern nicht. Daher verabredeten wir uns oft in der Moschee neben unserem Haus. Wir gingen durch den langen dunklen Gang zum Gebetsraum hintereinanderher, Leela immer einige Meter vor mir. Ich ließ sie nicht aus den Augen.

Eines Tages, als sonst niemand im Gang war, schenkte sie mir einen Apfel. Erst wusste ich nicht, was ich damit anfangen sollte, ich schnupperte daran. Leela lächelte und betrat den Gebetsraum.

In unserem Land gehen wir jeden Donnerstag gemeinsam auf die Friedhöfe. Wir fegen die Gräber sauber, rollen Teppiche aus, kochen Tee, stellen Teller mit Datteln hin und setzen uns zu den Verstorbenen. Diese Abende waren bei den Jüngeren sehr beliebt, denn in der Menge konnte man sich heimlich treffen.

An einem dieser Donnerstagabende ließen Leela und ich unsere Toten hinter uns, sie ging voraus und ich folgte ihr. Unsere Hände berührten sich wie zufällig. Ich wusste nicht, wohin sie mich führte, vielleicht nirgendwohin. Glückselig irrten wir über den Friedhof, bis wir zum kleinen Tempel der heiligen Saleh kamen, den nur Frauen betreten dürfen. Leela streifte vor der Tür die Schuhe ab und verschwand hinter dem Vorhang. Ich schob ihn ein wenig beiseite. Da stand Leela und tat so, als würde sie nicht bemerken, dass ich sie heimlich betrachtete. Sie ließ ihren schwarzen Tschador zu Boden fallen und löste ihren Schal. Zum ersten Mal sah ich ihr Haar, die goldene Kette, Ohrringe und eine dunkelblaue Bluse.

Als sie wieder herauskam, hätte ich gerne ihre Hand genommen, aber so etwas tat man nicht in Gegenwart der Heiligen, die dort begraben lag.

Ich befolgte Onkel Dschalals Rat. In meiner Fantasie sah ich, wie Leela sich die Füße wusch, den Saum ihres Kleides hob und in einen großen Bottich voller Trauben stieg.

Jetzt musste ich handeln.

Es gehörte sich natürlich nicht, wie ein Dieb über die Dächer zu kriechen, aber das Geheimnis, das mein Onkel mir verraten hatte, war stärker als alles, was ich zu Hause gelernt hatte. Ich setzte die Ehre meines Vaters aufs Spiel und schlich mich auf das Dach der Moschee.

Der große Bottich stand im Schatten des Baumes neben den gepflückten Trauben. Ich lag auf dem Dach und wartete. Leelas Mutter erschien auf der Veranda und verschwand wieder. Ich wartete. Ihre ältere Schwester kam und schüttete die Trauben in den Bottich. Ich wartete. Eine Krähe landete neben dem Bottich und pickte nach den Trauben.

»Fort mit dir«, rief ein Mädchen, und jemand warf einen Pantoffel nach dem Vogel.

Es war Leela! Sollte meine Vision Wirklichkeit werden? Ich hielt den Atem an. Sie ging die Treppe der Veranda hinunter zum Bottich. Sie wusch sich die Füße, hielt mit beiden Händen den Saum ihres Kleides hoch und stieg anmutig wie eine Tänzerin hinein.

In diesem Moment erschien der Muezzin auf dem Dach der Moschee und stimmte den Gebetsruf an, den Adhan. Er kündigte den Fastenmonat Ramadan an, den heiligen Monat, in dem sich die Engel der Erde nähern, um die Menschen zu beobachten, und Gott im siebten

Himmel am Fenster Platz nimmt, um seine Schöpfung zu bewundern.

Gott gab acht auf mich, ich betrachtete Leela. Ich schloss die Augen.

Es gibt ein weises orientalisches Sprichwort, das lautet: »Wenn Gott eine Tür vor dir schließt, öffnet er dir gleichzeitig eine andere.«

In diesem Fastenmonat weckten die Muezzins die Leute schon sehr früh, damit sie ihre Mahlzeit vor Sonnenaufgang zu sich nehmen konnten.

Der Essensgeruch durchzog das ganze Haus, der Tee stand bereit, mein Vater rezitierte die heiligen Verse, man hörte das Klappern der Töpfe in der Küche und das Kikeriki der Hähne auf den Dächern.

Als in der Mitte des Ramadan die Mutter unseres alten Muezzins starb, fuhr er zur Beerdigung in sein Heimatdorf. Der Hausmeister der Moschee suchte einen Vertreter, und ich bot sofort meine Dienste an.

»Ausgezeichnet, du stehst auf dem Dach und kommst so Gott näher. Du wirst gesehen, Junge, du wirst belohnt.«

Die ganze Nacht machte ich vor Aufregung kein Auge zu. Ich hatte Angst, ich könnte verschlafen, die Sonne würde schon hoch am Himmel stehen, wenn ich aufwachte.

Als es so weit war, stieg ich die Treppe hinauf, stellte mich mit dem Gesicht zu Leelas Schlafzimmer und rief:

Hayya a la s-salat
Hayya a la s-salat
Hayya ala khair al-amal.
Hayya a la Llah
Auf zum Gebet
Auf zum Gebet
Auf zum besten Tun
Auf zum Glück
Allah ist groß.

Als ich »Hayya a la s-salat« rief, ging das Licht in Leelas Zimmer an, ihr Schatten fiel auf den Vorhang. Sie schob ihn beiseite und blieb verschlafen im Nachthemd vor dem Fenster stehen. Nur ganz kurz. Sie schaute nicht in meine Richtung, denn das war während des Ramadan verboten. Gott hatte sie im Blick. Daher kroch sie wieder ins Bett und ließ ihre wunderbaren Beine unter der Decke hervorlugen. »Warum rufst du so laut, Junge, du erschreckst ja die Engel«, sagte mein Vater in der zweiten Nacht.

Das Ritual wiederholte sich, aber als ich nur noch ein paar Nächte vor mir hatte, ging das Licht in Leelas Zimmer nicht mehr an. So laut ich auch rief, der Vorhang bewegte sich nicht.

Leela zeigte sich nicht mehr. Weder in unserer Straße noch in der Moschee.

Damals beschäftigte mich Gott sehr. Meine Zweifel an seiner Existenz wuchsen. Nachdem nun keine große Hoffnung mehr bestand, dass ich Leela jemals wiedersehen würde, forderte ich Gott heraus. Ich schrieb in mein Tagebuch: »Gott! Wenn es dich gibt, dann weißt du, wie sehr ich Leela vermisse. Ich habe einen einfachen Wunsch: Ich möchte Leela sehen. Es ist Sonntagmittag, zehn vor eins. Genau um ein Uhr werde ich an Leelas Haus vorbeigehen. Gott, lass Leela um ein Uhr kurz an die Tür kommen. Wenn sie kommt, dann gibt es dich, wenn sie nicht kommt, gibt es dich nicht.«

Ich zog mich um, zog meine neuen Schuhe an, kämmte mir das Haar und ging nach draußen. Ich näherte mich Leelas Haus, es war drei Minuten vor eins, zwei vor eins, eins vor eins, ein Uhr, eine Minute nach eins, zwei nach eins, drei, vier, fünf, sechs, sieben Minuten nach eins. Leela erschien nicht.

Gott verschwand aus meinem Leben. Wenn ich Leela haben wollte, musste ich auf meine eigene Kraft vertrauen. Ich klopfte an die Tür, es kam keine Antwort. Ich klopfte lauter und hörte Schritte. Leelas Vater öffnete die Tür. Er sah mich verärgert an und fragte: »Was willst du?«

»Leela!«, antwortete ich.

Ich rechnete mit einer Ohrfeige, aber er warf mir nur die Tür vor der Nase zu. Ich ging wieder nach Hause und schrieb mir den Kummer von der Seele. Der Erzählung gab ich den Titel: »Der Muezzin«.

Ich wollte meinen Kummer, meine Erzählung, genau wie die Zeichnung meines Vaters in der lokalen Zeitung veröffentlicht sehen. Sie erschien alle zwei Wochen in kleinem Format und umfasste nur vier Seiten. Es war eine Art Nachbarschaftszeitung, in der auch die offiziellen Mitteilungen der Stadtverwaltung veröffentlicht wurden.

Ein betagter Mann mit Brille und grau meliertem herabhängendem Schnurrbart war der einzige Redakteur. Er hockte in seinem kleinen Büro hinter einer alten Olympia-Schreibmaschine. Ich sagte »Guten Tag« und stellte mich etwas verlegen vor seinen Schreibtisch.

»Was kann ich für dich tun, junger Mann?«

»Ich habe eine Erzählung.«

Ich zog das Manuskript aus der Hosentasche.

»Eine Erzählung am frühen Morgen, da muss es dir ja ziemlich ernst sein«, sagte der Mann.

Er fing an zu lesen, nach dem letzten Satz setzte er die Brille ab und sagte: »Ich mache diese ziemlich langweilige Arbeit schon vierzig Jahre lang, immer nur Todesanzeigen, Pachtangelegenheiten, Gerichtsurteile über Erbstreitigkeiten und nicht zu vergessen die regelmäßigen Glückwünsche an den Bürgermeister, diesen Saukerl, zu seiner Gehaltserhöhung. Und jetzt habe ich eine Erzählung in der Hand. Junger Mann, meine Leser kennen so was nicht. Bist du nicht der Sohn des Tischlers, des Zeichners? Glaubst du nicht, dass du deinen Vater hiermit in Verlegenheit bringst?«

»Sie brauchen meinen Namen ja nicht darunterzusetzen.«

»Hm, hast du ein Pseudonym?«, fragte er.

»Nein, habe ich nicht, das heißt, wie wäre es mit ›Ashna‹?«

»Nicht übel. Ich werde mal schauen, was ich für dich tun kann, aber versprechen kann ich nichts.«

Ashna bedeutet »ein Bekannter«.

Eine Woche später stand »Der Muezzin« unter Pseudonym in unserer Zeitung. So erschien meine erste Erzählung in persischer Sprache.

4. *Die kleinen Bücher*

Es ist ein trüber grauer Tag in Amsterdam, es regnet. Ich habe die Tür des Ladens geschlossen, daher sind die Fensterscheiben beschlagen.

In letzter Zeit war ich oft geschäftlich unterwegs, konnte also nicht schreiben. Und wenn ich nicht schreibe, fühle ich mich nicht wohl.

Wie gesagt versuche ich das Geschäftliche und das Schreiben zu trennen, was mir allerdings nicht immer gelingt, und dann schreibe ich doch, wenn es im Laden ruhig ist. Wie heute. Gegen Mittag hielt ich es nicht mehr aus, ich schlug mein Heft auf der Theke auf und fing an zu schreiben.

Die alte Krähe vor meinem Elternhaus krächzte laut, und ich öffnete das Fenster. Sie flog über das ganze Haus, krächzte noch einmal, flog höher, setzte sich auf das Minarett der Moschee und lärmte dort aufgeregt weiter.

Die Tauben witterten Unheil, sie flatterten auf und ließen sich auf der Kuppel der Moschee nieder. Unsere Katze und die Katzen aus der Nachbarschaft kletterten in Windeseile auf die Bäume und von dort aufs Dach.

Ich machte das Fenster zu und gesellte mich, so schnell ich konnte, zu den ungewöhnlichen Zuschauern.

Durch unsere Straße gingen Fremde, Leute, wie wir sie noch nie gesehen hatten. Sie waren groß gewachsen, trugen Schirmmützen und dunkle Sonnenbrillen.

Es waren Amerikaner.

Erst später fand ich heraus, dass die CIA an dem Abend, an dem ich geboren wurde, in meiner Heimat einen Putsch verübt hatte. Amerika hatte unseren demokratisch gewählten Ministerpräsidenten abgesetzt und den Schah, der bereits geflohen war, wieder an die Macht gebracht.

Seit dem Tag setzten die Amerikaner zusammen mit dem Schah alles daran, mein Vaterland zu amerikanisieren.

Amerikanische Geschäftsleute und große internationale Konzerne hatten in den meisten Städten Geld investiert, nur in unserer Stadt, die von geringer Bedeutung war, wollten sie zunächst kein Risiko eingehen.

Erst viele Jahre später, als das Land wirtschaftlich und politisch erstarkt war, ließen sie auch bei uns ein paar größere Maschinenfabriken bauen.

Jetzt also waren amerikanische Ingenieure in unsere Stadt gekommen, sie schlenderten an unserer Moschee vorbei. Für ein paar Jahre würden sie mit ihren Familien in einem neuen Viertel außerhalb der Stadt wohnen, in prächtigen Häusern, an denen die besten Maurer, Eisenflechter und Elektriker von Teheran gearbeitet hatten. Die Amerikaner suchten noch einen zuverlässigen Tischler für kleinere Aufträge.

Eines Tages, als ich mich gerade auf der Straße herumtrieb, hielt ein Jeep vor unserem Haus. Ein Mann mit Sonnenbrille saß vorne und sagte etwas zu mir, was sein Fahrer übersetzen sollte, aber mein Schulenglisch reichte aus, um ihn zu verstehen. »Wir suchen den Tischler Aga Akbar. Ist er zu Hause?«

Kurz darauf stieg Vater mit seiner Werkzeugtasche zu ihnen ins Auto.

Wie er dazu gekommen war, weiß ich nicht, aber eines Abends fand ich ein amerikanisches Buch mit lädiertem Einband zwischen den Zeichensachen meines Vaters. Ich blätterte es durch, las hier und da ein paar Sätze und nahm es mit in mein Zimmer.

Die alte Krähe flog krächzend über das Haus. Sie hatte gesehen, dass ich mir das Buch in den Gürtel gesteckt hatte.

Im Baum vor meinem Zimmer ließ sie sich neugierig nieder.

Mit dem Wörterbuch und dem Buch der Amerikaner verkroch ich mich unter die Bettdecke. Es sollte ein unvergleichliches Erlebnis werden.

»Wenn die Amerikaner über solche Sachen ein Buch schreiben können, kann ich das auch«, rief ich der Krähe am nächsten Morgen zu.

Sie fiel vor Schrecken beinahe vom Ast, flog hoch, krächzte laut und machte es der ganzen Stadt bekannt.

5. *Isfahan*

Mein Vater hatte immer ein Buch in seiner Arbeitstasche, eine kleine Ausgabe des Koran. Wenn er nichts zu tun hatte, setzte er sich irgendwohin, nahm das Buch in die Hand und begann zu summen. Genau wie mein Vater habe ich auch immer ein wichtiges Buch dabei, in dem ich lese, wenn ich unterwegs bin und gerade nichts zu tun habe. Sein Verfasser ist Kaffeemakler wie ich. Außerdem habe ich meist noch ein anderes Buch dabei, einen Klassiker der niederländischen Literatur.

Es gibt in der niederländischen Literatur zwar kaum Klassiker, aber ich nenne sie doch so. Ich lese sie mit einem Bleistift in der Hand, unterstreiche die mir unbekannten Wörter und schlage sie im Wörterbuch nach.

Hin und wieder stoße ich auf Stellen, die von mir sein könnten. Ich schreibe sie in ein Heft, und wenn ich mich im Laden langweile, schreibe ich die Stellen ein paarmal ab. So übe ich mich in der niederländischen Sprache.

Heute habe ich schon siebzehn Mal den Anfang des Gedichts *Mai* von Herman Gorter abgeschrieben. In dem Gedicht wird das Mädchen Mai, »von zwölf Schwestern eine«, in einem Boot vom Meer an Land gespült. Ich ersticke fast vor Eifersucht, dass nicht ich, sondern Herman Gorter der Verfasser dieses Gedichts war.

Ein neuer Frühling und ein neuer Sang:
Ich will, dass dies Lied töne wie der Klang,
Den ich einst hört im Sommer vor der Nacht
In einem alten Städtchen an der Gracht –
Im Haus war's dunkel, stille Dämmrung doch
Webte die Straße, spät am Himmel noch
Glomm Licht, über die Giebel fiel ein Schein,
Blank, golden durch mein Fensterkreuz herein.
Dann pfiff ein Bursch wie eine Orgelpfeife,
Die Klänge schwankten in der Luft voll Reife
Wie junge Kirschen, wenn ein Frühlingswind
Im Busch aufgeht und seine Fahrt beginnt …

Die Natur, die Gorter beschreibt, ist die von Isfahan!

Und das Mädchen Mai ist das Mädchen von Isfahan, von dem ich gleich erzählen werde.

Ich habe einige Zeilen des Gedichts in meinen Text aufgenommen, denn wenn man die Worte eines anderen Schriftstellers verwendet, ist es fast, als wären sie von einem selber.

Auch Herman Gorter hat das gemacht. Was er uns als holländisches Gedicht präsentiert, ist eigentlich ein uralter persischer Text, den ich in meiner Jugend in einer Sammlung persischer Frühlingsgedichte las. Gorter erzählt fast die gleiche Geschichte, er verwendet fast die gleichen Worte, aber erstaunlicherweise wirkt die holländische Fassung kräftiger, überzeugender und eindringlicher. Der persische Leser in mir sieht, wie sich das Mädchen Mai in den verwunschenen Gassen von Isfahan verliert.

So wie ein Kind, des Leben ist entflohn,
So wie aus Sommerrot die Blume, Mohn-
Blume im Grase, die jetzt niederliegt,
So lag sie, und der Sonne letztes Licht
Schien auf sie, machte sie ein wenig rot
Noch einmal – und ging mit ihr in den Tod.

Herman Gorter konnte Isfahan leider nie selbst bestaunen. Ich schon, und wer Isfahan besucht, wird zweifellos Mai begegnen, sein Herz verlieren und ein Dichter werden.

Ich muss eine kleine Pause machen. Ein Stammkunde aus Afghanistan kommt gerade herein. Heute am verkaufsoffenen Abend geht meine Frau mit Freundinnen shoppen. Dann habe ich Zeit, Ihnen zu erzählen, wie es mich nach Isfahan verschlagen und was Isfahan mit mir angestellt hat.

Als ich ein paar Jahre später an der Universität in Teheran persische Literatur studieren wollte, rieten mir alle davon ab: »Das ist doch nichts, nur Leute mit zwei linken Händen machen ein Literaturstudium.«

Also wurden es die Naturwissenschaften.

Aber die technischen Fächer waren eigentlich die gefährlicheren. Eltern machten sich deshalb auch große Sorgen, wenn ihr Sohn ein solches Studium wählte. Es hieß, der Junge betrete die Universität als Unschuldslamm und komme ein paar Jahre später als Löwe wieder heraus. Die Studenten dieser Fachrichtung waren die klügsten des Landes. Sie bekleideten später die höchsten Ämter. Aber noch entscheidender war, dass sie der Ansicht waren, das Volk brauche sie. Sie betrachteten es als ihre Aufgabe, sich für ihr Land einzusetzen, und sie waren davon überzeugt, dass, wenn Veränderungen nötig waren, sie es wären, die sie in die Wege leiten. Deshalb waren sie auch von Anfang an politisch bewusst. Die Interessen ihres Landes waren ihnen wichtiger als das Studium selbst.

Ich war noch keinen Tag an der Uni, als ich einen Jungen kennenlernte, der Industriedesign im letzten Studienjahr studierte. Er lud mich in ein Teehaus in der Stadt ein.

Ein Jahr später war ich aktives Mitglied einer illegalen linken Gruppierung gegen den Schah und damit gegen die Amerikaner.

Damals war die Macht der Sowjetunion, mit der wir eine zweitausend Kilometer lange gemeinsame Grenze hatten, noch ungebrochen.

Meine amerikanischen und europäischen Bücher wurden von russischen verdrängt.

Bella Achmadulina, Anna Achmatowa, Tschingis Aitmatow, Fjodor Dostojewski, Nikolaj Gogol, Anton Tschechow und vor allem Michail Scholochow mit seinem Meisterwerk *Der stille Don* und Maxim Gorki mit seiner Novelle *Die Mutter* nahmen die Stelle von Honoré de Balzac, Victor Hugo, Ernest Hemingway, Émile Zola, Albert Camus, Mark Twain und Daniel Defoe ein.

Wenn ich mir als Schriftsteller einen Namen machen wollte, dann musste ich die Stimme meines Volkes sein, so wie Michail Scholochow und Maxim Gorki es gewesen waren.

Wiederum war es mein Onkel Dschalal, der meinem Leben eine neue Wendung gab. In einem unserer Gespräche sagte er: »Mach eine Reise nach Isfahan, bevor du anfängst zu schreiben.«

Ich fragte ihn, warum.

»Du wirst schon sehen.«

Onkel Dschalal hatte bisher immer recht gehabt. Also reiste ich nach Isfahan.

Jeder Mensch sollte Isfahan besuchen. Wer es tut, wird zu sich selbst sagen: Das ist meine Stadt. Hier will ich bleiben.

Es herrscht dort eine seltsame Atmosphäre, eine Art Zeitlosigkeit. Man hat das Gefühl, als hätte man irgendwann einen Teil seiner selbst dort zurückgelassen.

Die geheimnisvolle Schönheit der Stadt bringt einen um den Verstand, mit ihren blauen Moscheen und alten Plätzen, dem historischen Zayandeh-Rud-Fluss, der wie verwunschen durch die Stadt strömt, der Si-o-se-Pol-Brücke, die wie ein uraltes, steingewordenes Gedicht die beiden Stadtteile miteinander verbindet.

Onkel Dschalal, der erkannt hatte, dass ich mich im Russischen zu verlieren drohte, wollte mich wieder zu meinem kulturellen Ursprung zurückführen. Wer nach Isfahan fährt, verliebt sich auf der Stelle und hat das Bedürfnis, diese Schönheit zu preisen. Aber man kann ja nicht zur blauen Moschee sagen: »Oh, wie schön bist du.«

Man braucht ein Mädchen aus Isfahan, eine Frau, der man zuflüstern kann: »Oh, wie schön bist du. Ich kann deine Schönheit nicht aushalten.«

Ich stand einsam und verloren in der blauen Moschee, als ich das Mädchen sah. Ihr Gesicht war von einem schwarzen Tschador verhüllt. Über der Schulter trug sie eine Schultasche.
Ich war sofort von ihr bezaubert. Ihr dunkler Blick gab mir die Erlaubnis, ihr zu folgen, Straße um Straße, Gasse um Gasse. Nur ein einziges Mal schaute sie sich um.

Wir kamen zu einem Haus mit einem großen Tor, es sah fast wie eine Burg aus. Und wie eine Prinzessin aus alten Märchen ging sie auf das Tor zu, blickte sich noch einmal um und verschwand.

Ich dachte schon, alles wäre wieder vorbei, aber dann sah ich, wie ein Vorhang beiseitegeschoben wurde. Das Fenster öffnete sich. Sie hatte den Tschador abgelegt und sah zu mir herunter. Ihre langen schwarzen Haare fielen ihr ins Gesicht. Sie schenkte mir ihr Lächeln.

Sie war die Tochter eines sehr traditionellen Teppichhändlers auf dem Basar von Isfahan. Vier Jahre lang blieben wir in Kontakt, aber wir konnten nie ungestört miteinander reden. Sie war jung, und ich war ein Fremder.

Ich wohnte in Teheran, siebenhundertfünfzig Kilometer von ihr entfernt. Mit dem Bus brauchte ich einen ganzen Tag bis Isfahan.

Es war die Zeit des politischen Kampfes, die Liebe war verboten, aber ich schrieb ihr regelmäßig Briefe, die manchmal fünfundzwanzig Seiten lang waren. Eigentlich schrieb ich ein Buch für sie, auch wenn ich das Geschriebene nicht abschicken konnte. Sie hatte Angst, ihr Vater könnte alles entdecken. Also brachte ich ihr die Briefe persönlich.

Ich schrieb und schrieb, bis ich es nicht mehr aushielt, dann bestieg ich den Nachtbus, der morgens um sieben Uhr die Stadt erreichte. Zu Fuß ging ich zu ihrem Haus. Unter dem alten Baum an der Kreuzung wartete ich bis Viertel vor acht, dann trat sie aus der Tür, um zur Schule zu gehen.

Sie schaute jeden Morgen aus dem Fenster zu dem alten Baum, ob ihr Verehrer dort stand.

Wenn sie an mir vorbeiging, verbarg sie ihr Lächeln hinter ihrem Tschador. Ich folgte ihr und sorgte dafür, dass sie meine Schritte gerade noch hörte. In einer verlassenen Gasse, wo sie kurz »Salam« zu mir sagen konnte, gab ich ihr meine Briefe, meine Berichte, meine Erzählungen. Dann begleitete ich sie zur Schule.

Ich frühstückte im Basar, kaufte ein paar Kleinigkeiten für sie und schlenderte zur blauen Moschee. Dort legte ich mich auf den Boden und betrachtete so lange die magischen Mosaiken, bis ich einschlief.

Wenn der Muezzin vom Minarett das »Hayya a la s-salat« rief, wusste ich, der Unterricht war vorbei und ich würde sie bald wiedersehen.

In der verlassenen Gasse steckte ich ihr rasch die Geschenke zu und folgte ihr in großem Abstand. Sie bedankte sich, indem sie sich kurz am Fenster zeigte. Sie strich sich die Haare aus dem Gesicht und zeigte mir die Ohrringe und die Halskette, die ich ihr geschenkt hatte. Der Vorhang schloss sich, nein, er öffnete sich noch einmal kurz. Sie winkte mir rasch zu – und verschwand. Ich beeilte mich, um den Nachtbus nach Teheran nicht zu verpassen.

So ging es vier Jahre lang. Ich schrieb ihr, ich schrieb für sie, ich schrieb unzählige Geschichten für sie. Für sie, meinen einzigen Leser.

Dann brach die Revolution aus, und die linke Bewegung wollte einen Teil der Macht. Die Kasernen wurden erobert, Gewehre erbeutet, Tausende demonstrierten, amerikanische Banken wurden in Brand gesteckt, der Schah floh, die Generäle folgten seinem Beispiel, die CIA-Agenten verdrückten sich. Millionen Menschen strömten zum Flughafen, um den geistigen Führer Ayatollah Khomeini zu begrüßen. Für die Liebe war kein Platz mehr. Aber ich fuhr noch immer nach Isfahan.

Das letzte Mal, als ich dort war, waren die Schulen wegen der Streiks geschlossen. Um das Mädchen zu sehen, hätte ich an ihre Tür klopfen müssen, aber das hätte bedeutet, dass ich ganz offiziell um ihre Hand anhielt, und so weit war ich noch nicht. Es würde noch eine Weile dauern, bis ich mich in der Lage fühlte, der Ehemann einer Frau, der Schwiegersohn einer Familie zu sein. Also fuhr ich zurück.

Als später die Geistlichen die Macht erobert hatten und wir, die linke Bewegung, mit leeren Händen dastanden, nahm ich wieder den Nachtbus. Ich hatte mir alles genau überlegt. Ich war jetzt ein erwachsener Mann, und sie war kein Mädchen mehr, sondern eine junge Frau. Außerdem hatte eine Revolution stattgefunden, es gehörte sich nicht mehr, sich mit ihr flüchtig auf der Straße zu treffen. Der Gärtner, der in unser Geheimnis eingeweiht war, ließ die Tür absichtlich halb offen stehen, bevor er in den Garten zurückging. Da stand eine Frau, gehüllt in einen schwarzen Tschador. Ich kannte sie, aber ich kannte sie auch wieder nicht. Sie war in der Tat eine junge Frau geworden, und sie schien die Frau eines anderen zu sein. Sie lächelte nicht, aber sie lief auch nicht die Treppe hinauf. Sie bedeckte ihr Gesicht mit dem Schleier.

Sie kam mir vor wie das Denkmal einer vergangenen Zeit.

Ihre Arbeit war getan, sie hatte mich zum Schreiben inspiriert. Ich musste jetzt allein weiter.

6. *Kurdistan*

Ist Isfahan magisch, dann ist Kurdistan geheimnisvoll. Man muss über die Hügel und durch die Dörfer von Kurdistan wandern, um zu verstehen, warum die Kurden so stolz auf ihr Land und seine Traditionen sind. Isfahans Magie beruht auf einer Mischung aus Kunst, Architektur und Religion. Kurdistans Mysterium erwächst aus der Natur, der Einfachheit des Lebens und der Ehrlichkeit der Kurden. Nach Kurdistan darf man nie gehen, wenn man jemanden vergessen will, denn die Krähen beschwören die Erinnerungen herauf. Der kurdische Volksdichter Baba wusste es:

Wenn die Krähen krächzend über unser Haus fliegen,
Tun sie mir kund, dass du am Fenster stehst.
Wenn die Tauben ein ums andere Mal zu dir fliegen,
Bringen sie dir meine Briefe,
Liebste, bleib am Fenster stehen –
Eines Tages komme ich mit hundert Vögeln
Und nehme dich mit zu mir.

Als sich der Machtwechsel in meiner Heimat vollzog, nutzten die Kurden die instabile Lage und forderten Unabhängigkeit.

Daraufhin marschierte die revolutionäre Garde der

neuen Regierung in Kurdistan ein, und zwischen den bewaffneten Kurden und dem Regime der Geistlichen brach ein Krieg aus.

Als ich nach Teheran zurückgekehrt war, packte ich meinen Rucksack und ging als Reporter unserer illegalen Zeitung an die Front, um nicht mehr an Isfahan denken zu müssen.

Es war den offiziellen Zeitungen verboten, über den Krieg zu berichten. Deshalb wusste niemand, was dort wirklich geschah. Kurdistan ist ein Land mit vielen Geheimnissen und Überraschungen. Ich sprach mit den Kurden und schrieb ihr Leben und ihre Träume auf. Ich notierte mir die Lieder, die sie sangen, wenn sie das Gewehr schulterten. Und ich besuchte die Leute zu Hause. Im Dorf Bardarash kam ich in die Werkstatt eines alten Schmieds. Es war, als wäre ich im Mittelalter gelandet. Es war dunkel. Keine einzige Lampe brannte. Im Schein der Glut konnte ich die Umrisse der Gegenstände erkennen, die der Schmied gefertigt hatte: Nägel, Hufeisen und Pflugscharen. Gerade arbeitete er an einer Sichel. Er hielt sie in die Flammen, das Feuer wurde angefacht. Dann legte er die Sichel auf den Amboss und bearbeitete sie mit dem Hammer. Ich fragte: »Arbeiten Sie hier allein?«

»Nein, wir sind zu zweit«, antwortete er.

Während er die Sichel ins Feuer hielt, wurde es erneut angefacht. Ich schaute mich um, sah aber niemanden. Es war dunkel, das Feuer wurde angeblasen und die Sichel wurde im Ofen weiß glühend. Wer fachte das Feuer an? Wo war bloß die zweite Person? Da fiel mir ein Loch in der Mauer auf. Ich meinte, das seufzende Geräusch eines Blasebalgs zu hören. Ich schaute in das Loch, sah niemanden, hörte aber den Atem eines Kindes.

»Wer ist da?« Keine Antwort.

»Ist jemand da drinnen?«, rief ich.

Eine Mädchenstimme sagte leise: »Ja, ich, Zahra.«

Ich erschrak und fragte: »Darf ich dich sehen?« In der Dunkelheit hinter dem mittelalterlichen Blasebalg leuchteten zwei ängstliche Augen. Die Augen von Zahra, der Enkelin des Schmieds.

Sechs Monate später hatte ich ein ganzes Manuskript mit solchen Geschichten.

Ich schickte es an mehrere Verlage in Teheran, aber keiner traute sich damals, so etwas zu veröffentlichen. Aus reiner Verzweiflung ging ich zum größten Verlag. Der Chef nahm das Manuskript, blätterte es durch und sagte: »Kommen Sie in einer Stunde wieder.«

Ich ging in ein Teehaus, aß eine Kleinigkeit und trank mehrere Gläser Tee.

»Das Ganze hat Hand und Fuß, es ist ein literarisches Manifest«, sagte der Verleger, als ich wieder vor seinem Schreibtisch stand. »Ich würde es gern veröffentlichen, aber leider ist das unmöglich.«

Das war meine letzte Chance gewesen, nun stand ich wieder draußen und wusste weder ein noch aus.

Die vielen Leute gingen mir auf die Nerven. Ich bog in eine stille Gasse ein. Da rief jemand hinter mir: »Warten Sie!«

Ich sah mich um, es war ein junger Mann, ich erkannte den Hausmeister des Verlags. Vielleicht hatte es sich der Verleger ja anders überlegt? Doch der Mann packte mich am Arm und flüsterte: »Wenn Sie möchten, veröffentliche ich Ihr Buch im Untergrund. Geld kann ich Ihnen nicht versprechen, und nachdem Sie mir das Manuskript gegeben haben, werden wir uns nie wiedersehen. Sie kennen mich nicht, ich kenne Sie nicht. Einverstanden?«

Es war die Zeit der Revolution und des Krieges, eine Zeit, in der eine Geliebte von einem auf den anderen Tag die Frau eines anderen wurde. Ich musste mich schnell entscheiden. »Einverstanden.«

Ich reichte ihm das Manuskript, wir schüttelten uns die Hand, und dann sollten sich unsere Wege für immer trennen.

»Halt!«, rief er, »ich brauche einen Namen, den Namen des Verfassers. Deinen wirklichen kann ich natürlich nicht nehmen. Hast du ein Pseudonym?«

Zum zweiten Mal im Leben wurde mir diese Frage gestellt. Auch diesmal brauchte ich nicht lange nachzudenken: »Refiq Foad!«

Den Arzt Foad hatte ich während meines Studiums kennengelernt. Später wurde er ein bekannter und beliebter Mann in Kurdistan. Er empfing nicht in seiner Praxis, sondern fuhr mit einem alten Jeep über Land und besuchte seine Patienten zu Hause.

Während meiner Reise durch Kurdistan übernachtete ich eine Woche bei ihm. Er wohnte bei seinen Eltern in einem großen, alten Haus. Es war sehr bewegend, ihn nach so langer Zeit wiederzusehen, und ich durfte ihn auf seinen Fahrten begleiten.

Als ich weiterreisen musste, holte er ein Pferd aus dem Stall, gab mir ein Gewehr und sagte: »Reite mit diesem braven Pferd durch mein Kurdistan und berichte von unserem Schmerz.«

Wenig später wurde er verhaftet. Als ich nach Teheran zurückkam, erfuhr ich von seiner Hinrichtung.

Der Hausmeister hielt Wort. Mein erstes persisches Buch erschien und wurde unter der Hand verkauft. Der Name Refiq Foad stand gut lesbar auf dem Umschlag.

Ich kaufte ein Exemplar, roch daran und steckte es mir in den Gürtel. Vor Freude wollte mir das Herz schier zerspringen.

7. Amerikaner

Ich habe verschiedene Formen der amerikanischen Politik mitgemacht, aber ich verstehe die Amerikaner immer noch nicht. Vierundzwanzig Jahre lang benutzten sie den Schah als Polizisten, um den Persischen Golf zu bewachen, und was haben sie erreicht? Ein totalitäres, theokratisches Regime ist im Iran an der Macht.

2001 marschierten sie in Afghanistan ein, danach überfielen sie den Irak mit ihren Panzern. Und was haben sie erreicht?

Ihre Politik jagte Millionen Menschen in die Flucht, und viele davon suchten Zuflucht in Europa.

Vor einiger Zeit hatte ich einen türkischen Kunden im Laden, einen Immobilienmakler. Er trug dicke Rollen mit Bauzeichnungen unter dem Arm.

»Bauen Sie etwas Neues?«, fragte ich neugierig.

»Wir bauen eine Moschee. Die Zahl der Muslime in Amsterdam hat zugenommen, und ein größerer Gebetsraum wird gebraucht.«

Später ging ich zu der Stelle, wo die größte Moschee Europas entstehen sollte. Gerade wurden Pfähle in den Boden gerammt. Der türkische Immobilienmakler stellte sich zu mir und bot mir eine Zigarette an.

»Das wird ein sehr teures Gebäude«, sagte ich, »es

kostet bestimmt ein paar Millionen. Wo kriegt ihr das Geld her?«

»Es ist ein Gotteshaus«, meinte er lächelnd, »Allah wird es richten.«

Ich schüttelte den Kopf. »Es ist doch nicht zu glauben! In Spanien mussten sich die Mauren, die eigentlich marokkanische Berber waren, mehrere Jahrhunderte gedulden, bis ihr Traum Wirklichkeit wurde. Sie bauten die Mezquita in Córdoba, zweifelsohne die schönste Moschee der Welt, aber es gelang ihnen nicht, das übrige Europa zu erobern. Sie wurden besiegt. Und jetzt, ein Jahrtausend später, werden im Zentrum von Amsterdam Hunderte Pfähle in den Boden gerammt, um den Traum der Berber von damals zu verwirklichen.«

Der Türke lachte laut, spielte mit seiner Gebetskette aus Mekka und zwinkerte mir zu. »Träume sind Schäume, sagen die Holländer, nicht?«

Über mein Buch bewahrte ich Stillschweigen, konnte aber schließlich der Versuchung nicht widerstehen, Onkel Dschalal davon zu erzählen. Dschalal arbeitete mittlerweile in der Avenue Lalezar für ein Filmstudio, das Dokumentarfilme produzierte. Die Avenue Lalezar war damals eine Art Klein-Hollywood.

Als er mich sah, kam er hinter seinem Schneidetisch hervor und umarmte mich: »Der Rebell der Familie muss mir etwas Wichtiges mitzuteilen haben, wenn er so unangekündigt vorbeikommt. Erzähl!«

Ich überreichte ihm mein Buch. Er wusste sofort, dass ich der Autor war. Er berührte den Umschlag, schlug das Buch auf, blätterte es durch, las mal hier, mal da ein paar Absätze, sah mir in die Augen, küsste mich auf die Stirn und sagte: »Ich habe von dem Buch gehört. Ich habe auf ein Buch von dir gewartet, aber das hier ist es nicht.«

»Warum nicht?«, fragte ich enttäuscht.

»Vergiss Marx, Lenin, Che Guevara, Castro und wie sie alle heißen ... Schreib deine eigene Geschichte! Du hast das Leben gekonnt und dramatisch geschildert, aber das ist keine Kunst. Du hast dich selbst aus dem Buch ausgeklammert. Nicht du sprichst, sondern Che Guevara.«

Onkel Dschalals Kritik tat zwar weh, aber als ich wieder draußen stand und in Richtung Tupchan-Platz ging, fühlte ich mich dennoch glücklich.

Damals schwirrte Teheran von Gerüchten. Ich sollte für unsere Zeitung einen Artikel schreiben und suchte nach einem geeigneten Thema.

Vor der amerikanischen Botschaft wurde tagtäglich demonstriert. Heute war es zwar voller als sonst, aber die Fahnen und Transparente waren immer die gleichen, sie sagten nichts Neues mehr.

Da fiel mir auf der anderen Straßenseite eine Gruppe Studenten auf, die von einem jungen Imam mit schwarzem Turban begleitet wurden. Woher kannte ich ihn bloß? Ich wusste nicht, was die Studenten vorhatten, aber die auffällige Stille, die sie umgab, und der ungewohnte Respekt, den sie dem jungen Imam entgegenbrachten, faszinierten mich. Sie standen jetzt gegenüber der Botschaft auf dem Gehsteig. Schauten sie den Demonstranten zu oder bewunderten sie das hohe Tor, die Eisengitter und die amerikanische Flagge?

Hinter dem verschlossenen Tor patrouillierten bewaffnete Männer der Revolutionsgarde.

Der Imam! Ich hatte ihn ein paarmal im Fernsehen gesehen, immer in der Nähe von Ayatollah Chomeini!

Der Imam rief: »Allahu akbar! Allahu akbar!«, und stürmte auf das hohe Tor der Botschaft zu. Die Studenten folgten ihm. Sie kletterten über das Eisengitter und ließen sich in den Garten fallen.

Ich roch Schlagzeilen und folgte ihnen.

Unter lauten »Allahu akbar«-Rufen rannte der Imam zum Botschaftsgebäude. Mit einer solchen Aktion hatten die Amerikaner offensichtlich nicht gerechnet. Die Studenten zertrümmerten die Tür und drangen in das Gebäude ein. Die Amerikaner flohen in den ersten Stock und verbarrikadierten sich in einem Sitzungssaal. Mit einem langen Tisch brachen die Studenten durch die Tür. Der Imam zog eine Pistole und rief auf Englisch: »Alle auf den Boden, Hände in den Nacken!«

Die Frauen schrien, legten sich aber wie die Männer der Länge nach hin.

Mir wurde bewusst, dass ich mich an einem Ort befand, wo gerade Geschichte geschrieben wurde. Diese Aktion könnte einen Krieg zur Folge haben und das Schicksal unendlich vieler Menschen beeinflussen.

Mir wurde auch bewusst, dass ich mein Leben aufs Spiel setzte. Der Imam würde mich, ohne zu zögern, erschießen, wenn er mich hier entdeckte.

Noch hätte ich mich unbemerkt zurückziehen können, aber der Journalist in mir brachte es nicht übers Herz.

Die Amerikaner wurden mit verbundenen Augen und auf dem Rücken gefesselten Händen aus dem Raum geführt.

Der Imam ging voran. Ihm folgten die Studenten, die die Geiseln am Arm führten, damit keiner die Treppe hinunterfiel.

Plötzlich sah mich der Imam.

»Wer sind Sie?«, schrie er.

Ich versuchte, mich aus dem Staub zu machen, aber drei Studenten rannten mir nach, und ich stolperte über die Türschwelle. Sie traten mir in den Bauch und zogen mich hoch. Der Imam ohrfeigte mich, packte mich am Kragen und schleifte mich zum Eingangstor. Dort schlug er mir mit der Pistole in den Nacken und stieß mich zu den Revolutionsgarden.

Mir wurde schwarz vor Augen, ich ging in die Knie und mein Buch, das in meinem Gürtel steckte, fiel auf den Boden.

»Er ist eines von den linken Arschlöchern, nehmt ihn mit!«, rief der Imam.

Ich bekam keine Gelegenheit, etwas zu sagen, die Schläge der Soldaten trafen mich überall. Ich glaubte schon, mein letztes Stündlein hätte geschlagen, als ein junges Mädchen sich einen Weg zu mir bahnte. Sie stellte sich zwischen mich und die Soldaten und rief: »Jetzt reicht es aber, ihr schlagt ihn ja tot! Schaut! Da kommen sie!«

In einer langen Reihe wurden die Amerikaner nach draußen gebracht; dort standen Militärjeeps für sie bereit.

Mein Buch lag immer noch auf dem Boden. Einige Geiseln waren daraufgetreten, andere stapften daran vorbei.

»Kommst du mit?«, fragte das Mädchen und half mir auf.

Unauffällig schlichen wir uns aus der Menge.

Tausende Menschen hatten sich vor der Botschaft eingefunden und skandierten: »Allahu akbar, Allahu akbar!«

Die Amerikaner waren fort.

Der Imam war fort.

Die Studenten waren fort.

Mein Buch war auch fort.

Nur das Mädchen blieb.

Es war eine schöne Teheranerin.

Mit ihr teile ich heute mein Leben an der Lauriergracht 37. Wir haben eine gemeinsame Tochter, die in Amsterdam niederländische Literatur studiert.

8. *Der Krieg*

Ich hasse niemanden, in meinem Geist gibt es keinen Platz für Ressentiments. Das einzige Gefühl, das ich nicht kontrollieren kann, ist Eifersucht. Ich gönne jedem ein großes Haus, ein teures Auto, Säcke voller Geld und Gold. Aber ich vergehe vor Eifersucht, wenn ich zum Beispiel das Gedicht »Schmerz« von Gerrit Achterberg lese.

Schmerz, ich verweigere
der Sonne ihr Licht,
dem Sehenden das Augenlicht,
diesem Weltall das Gleichgewicht
und dem Tod das Recht,
wie ihm für alle verheißen:
mich von ihr loszureißen.

Ein Auswahlband seiner Gedichte liegt immer in der Schublade meines Ladentisches. Achterbergs Gedichte sind nicht lang, ich kann sie im Geschäft zwischendurch lesen.

Wenn mir Hass auch fremd ist, so gibt es doch tief verwurzelte Gefühle, die man von zu Hause mitbekommt und die sich in der Sprache einnisten, in der Literatur, in den Gewohnheiten.

Wir Perser haben seit Menschengedenken unsere Probleme mit den Arabern. Ich schäme mich, dies auszusprechen, aber es ist eine historische Tatsache. Persönlich liebe ich die arabische Sprache, die arabische Literatur, die arabischen Frauen und frische arabische Datteln. Ich kann sogar viele Suren des Koran auf Arabisch auswendig hersagen. Aber seitdem die Mohammedaner vor vierzehnhundert Jahren in das persische Reich einfielen, unsere Paläste in Brand steckten, unsere Schriften in die Flüsse warfen, unsere Sprache mit einem Bann belegten, unseren von Zarathustra gestifteten Glauben abschafften und unsere alten Feuertempel zerstörten, um sie durch Moscheen zu ersetzen, seitdem haben wir Perser eine Aversion gegen die Araber.

Hier in Amsterdam gehören drei arabische Frauen zu meinem festen Kundenkreis, es sind sunnitische Irakerinnen. Sie tragen Kopftuch, es sind schöne Frauen mit wunderbar dunklen Augen. Jede von ihnen ist eine Verkörperung der Scheherazade aus *Tausendundeiner Nacht*.

Ich verstehe Arabisch und spreche es ein bisschen. Wenn sie in mein Geschäft kommen, stehe ich auf und sage: »Ahlan wa sahlan marhaba!« Dann lächeln sie, obwohl sie das normalerweise einem fremden Mann gegenüber nicht tun, aber sie wissen, dass sie in meinem Geschäft willkommen und bei mir sicher sind. Ich packe ihnen den besten, frischesten Kaffee ein.

In ihrem Heimatland waren sie Analphabetinnen, hier in Amsterdam machen sie einen Sprachkurs. Ein paar Häuser weiter ist ein Nachbarschaftshaus, wo freiwillige Helfer Flüchtlingen Niederländisch und Rechnen beibringen.

Sie gehen nicht in Kneipen oder ins Kino, nicht einmal in die Stadtbücherei, denn sie beherrschen das Niederländische noch nicht gut genug. Ich vermute, mein Laden ist der einzige öffentliche Ort, wo sie ab und zu hingehen, um sich mit jemandem zu unterhalten.

Sie haben sich nie vorgestellt, ich weiß also nicht, wie sie heißen. Gestern waren sie wieder da.

»Wie war der Unterricht?«, fragte ich.

»Sehr schwer«, sagte die eine.

»Was habt ihr heute gemacht?«

»Rechnen.«

Sie zeigten mir ihre Hefte. Ich konnte mir das Lachen kaum verkneifen. Wer nicht lesen kann, hat einen ganz anderen Blick auf die Welt.

In den Heften hatten sie das Schreiben von Zahlen geübt: 1, 2, 3, 4, 5, 6, 7, 8, 9, 0, aber offenbar hatten sie Schwierigkeiten mit der 6 und der 9, die sie ständig verwechselten. Deshalb mussten sie eine ganze Seite mit lauter Sechsern und mit lauter Neunern vollschreiben. Aber sie hatten die Enden der 6 und der 9 so lustig nach oben und nach unten und nach links und nach rechts gezeichnet, dass die Zahlen wie eine Geheimschrift aussahen.

»Unglaublich«, sagte ich.

Sie sahen einander lächelnd an.

»Wir schämen uns ein bisschen für unsere Schrift«, sagte die mit den schönsten Augen, »aber seitdem wir mit den Zahlen beschäftigt sind, sehen wir sie überall auf Türen, Autos, auf unseren Kleidern und auf unseren Schuhen.«

»Fantastisch«, sagte ich.

»Amsterdam ist schöner geworden, seitdem wir diese Zahlen lesen können«, sagte sie.

Ein neuer Kunde kam herein. Die Frauen nahmen schnell ihre Hefte und gingen.

»Wadehan! Auf Wiedersehen!«, rief ich.

»Wadehan!«, riefen sie im Chor.

Irak und Iran sind Nachbarländer. Iraker sind Araber, aber Iraner sind Perser, sie sprechen eine eigene Sprache. Dreizehn Jahrhunderte lang bekämpften sich die beiden Völker. Dann war es neunzig Jahre lang ruhig, es herrschte ein stillschweigender Waffenstillstand, doch unter Saddam Hussein schürten die Vereinigten Staaten den Hass zwischen Arabern und Persern. Die Amerikaner wollten sich für die Revolution und für die langwierige Geiselnahme von Teheran rächen. Als Saddam den Iran angriff, gaben sie ihm Rückendeckung.

Jede Nacht flogen irakische Kampfflugzeuge über die Städte und warfen ihre Bomben ab, um die Menschen zu demoralisieren.

Jede Nacht gab es Hunderte Tote und Verletzte.

Ich erinnere mich an alles noch sehr genau. Ich war zu Besuch bei meiner Familie, weil meine jüngste Schwester hochschwanger war. Wir saßen auf einem Teppich im Innenhof und aßen. Auf einmal tauchte aus dem Nichts mit ohrenbetäubendem Lärm ein Flugzeug auf, wir hatten keine Zeit zu fliehen. Meine Mutter sprang auf und beugte sich über den Bauch meiner Schwester, und mein Vater beugte sich über meine Mutter.

Der Krieg dauerte acht Jahre und kostete insgesamt eine Million Tote.

Sowohl Iraker wie Iraner flohen massenhaft aus ihrem Land.

Das Regime des Iran befürchtete, die linke Opposition könnte die Situation ausnutzen, sich mit Russland verbünden und die Macht ergreifen. Daher beschloss man, die Opposition völlig auszuschalten. Tausende wurden verhaftet, Hunderte ohne jeden Prozess hingerichtet.

Für mich war die Lage aussichtslos. Ich musste etwas unternehmen.

Willem Frederik Hermans lässt Karel R. in sein Kriegstagebuch schreiben:

Ich holte die Pistole so ruhig aus dem Schrank, als hätte ich nie die Absicht, sie zu gebrauchen.

Sollte ich sie immer bei mir tragen? Aber wo? In einer Seitentasche? Aber dann habe ich eine verdächtige Ausstülpung an der Hüfte, und das Ding schwingt beim Gehen hin und her.

Die Innentasche? Die ganze Zeit einen so schweren Gegenstand auf der Brust? Würde das nicht auffallen?

Vielleicht ist die Gesäßtasche am besten, aber nein: Am besten ist doch die Seitentasche meines Regenmantels.

Und ich werde den Mantel nicht ausziehen.

Nachdem der Held in Hermans' Novelle die Pistole in die Manteltasche gesteckt hat, verlässt er das Land.

Ich wollte nicht gehen, ich wollte bleiben und Bücher schreiben.

9. *Lenins Arbeitszimmer*

Letzte Woche konnte ich nichts schreiben, ich war auf Geschäftsreise in Deutschland. Zwischendurch habe ich in dem Buch gelesen, das mich immer begleitet, eine Angewohnheit, die ich von meinem Vater übernommen habe.

Eine persische Redensart lautet: »Verkaufe den Leuten am Kaspischen Meer keinen Kaviar.« Das Kaspische Meer ist schließlich der Ursprungsort des Kaviars.

In den Niederlanden ist es für einen Heimatlosen schwierig genug, sich seinen Lebensunterhalt im Handel zu verdienen, vom Kaffeehandel ganz zu schweigen. Das ist ein ganz und gar unvernünftiges Unterfangen.

Die Industrie- und Handelskammer legt einem eine Menge Steine in den Weg. Die Banken wollen einem keinen Cent leihen. Die großen Kaffeehändler möchten einen am liebsten dazu bringen, eine Dönerbude zu eröffnen.

Aber da sind sie bei mir an der falschen Adresse.

Meine Vorfahren würden sich im Grab umdrehen und den Niederlanden den Rücken zukehren, wenn sie erführen, dass ihr Nachkomme, der einmal Schriftsteller werden wollte, jetzt mit einem Dönermesser hantiert.

Als Kaffeemakler bin ich dem holländischen Markt aus dem Weg gegangen, die meisten Geschäfte mache ich in Deutschland und Belgien. Deshalb bin ich auch oft dort unterwegs, und wenn ich weg bin, stehen meine Frau und meine Tochter abwechselnd im Laden.

Wer Haus und Herd verlässt, ist nicht mehr derselbe. Die Flucht hat viele von uns zu anderen Menschen gemacht.

Auf Geschäftsreisen in Deutschland treffe ich mich oft mit Genossen von früher. Vor langer Zeit zogen sie mit geschultertem Gewehr durch die Berge, um die Städte zu erobern. Jetzt sind sie alle Taxifahrer. Ich gönne es Deutschland zwar, dass es so viele kluge, hoch qualifizierte Taxifahrer hat, aber es tut mir doch in der Seele weh.

Gegen Abend, nachdem ich meine deutschen Kunden besucht habe, fahre ich zum Bahnhof der Stadt, in der ich mich gerade aufhalte. Dort treffe ich immer einige meiner Landsleute. Ich erkenne sie sofort zwischen den anderen Taxifahrern.

Sie lesen, während sie auf Kundschaft warten, in einer persischen Zeitung oder einem persischen Buch. Sie erkennen mich am Logo auf meinem Lieferwagen: Kaffeemakler Refiq Foad Amsterdam.

Wir schütteln einander die Hand, umarmen uns und sie kaufen die Kaffeepäckchen, die ich eigens für sie mitgebracht habe.

Wir unterhalten uns, tauschen die neuesten Nachrichten über unsere Heimat aus. Die Gespräche dauern meist nicht sehr lange, denn sobald ein Zug einfährt und die Reisenden aus dem Bahnhof kommen, rennen sie zu ihren Taxis, um einen Platz aufzurücken. Ich vermisse ein tieferes Gespräch, aber es ist nicht möglich. Dort nicht, in Belgien nicht und auch nicht in den Niederlanden.

Ein anderer ehemaliger Genosse wohnt in Köln, er ist Dichter. Zu Hause war er der Chef der Kunstbeilage unserer illegalen Zeitung. Ein paar Jahre lang arbeitete er in Köln im Kiosk eines Türken. Der Kiosk war so klein, dass nur eine Person hineinpasste, die durch eine kleine runde Luke in der Glaswand mit den Kunden reden musste.

Wenn nichts los war, feilte er an seinen Gedichten.

Jedes Mal, wenn ich in Köln war, ging ich zu seinem Kiosk. Unsere Gespräche durch das kleine Fenster wurden ständig von Kunden unterbrochen.

Der Job vergällte ihm das Leben. Er hörte bei dem Türken auf und eröffnete einen Gemüseladen.

»Warum einen Gemüseladen?«, fragte ich ihn.

»Das ist am einfachsten, du brauchst nicht viel Startkapital. Ich stelle ein paar Kisten Obst und Spinat hin, und fertig ist die Laube. Morgens um elf fange ich an und um sechs schließe ich den Laden. Dann habe ich den ganzen Abend für mich.«

Gestern sprach ich in Köln mit ihm. Er hatte die Sache unterschätzt. »Hast du jemals Angst vor einer Gurke gehabt? Hast du jemals daran gedacht, dass Birnen dich töten können? Ich sitze hier in meinem Laden und gucke mir die Gurken an, die Birnen, den Spinat in der Kiste, es ist schrecklich, sie verfaulen alle. Die verdorbenen Auberginen bedrohen meine Existenz.«

Es ist natürlich nicht so, dass alle meine Landsleute entweder Taxifahrer oder Lebensmittelhändler geworden sind. Viele haben ihr Studium erfolgreich beendet und eine gute Stelle gefunden. Vor allem die Frauen haben die veränderte Situation genutzt und Karriere gemacht. Trotzdem scheint es, als hätte die erste Generation auf die Verwirklichung ihrer eigenen Träume verzichtet, um ihren Kindern eine größere Chance zu geben. Sie sind wie die Läufer, die in einer Staffel den Stab weitergeben.

In den Niederlanden gehen viele Immigrantenkinder zur Universität. Sie sind zehnmal so fleißig wie ihre niederländischen Mitstudenten. Konzerne wie Heineken, Shell, Philips und KLM sind jetzt schon hinter diesen angehenden Fachkräften her. Diese Entwicklung stimmt mich hoffnungsfroh, ich möchte gerne an ihr teilhaben.

Es ist herrlich, wieder zu Hause zu sein, in meiner Dachstube zu sitzen und an meiner Geschichte weiterzuschreiben, die zugleich die Geschichte anderer aus meiner Heimat und anderen Ländern ist.

Als ich aus meinem Land floh, bestand meine Vergangenheit lediglich aus einer achtstelligen Zahl. Es war ein Code, den mir unsere Widerstandsgruppe für den Notfall mitgegeben hatte. Meine Kontaktperson hatte zu mir gesagt: »Wenn du jemals fliehen musst, versuch es über Afghanistan. Oder geh in die Berge und überquere die Grenze nach Russland. Wenn das nicht möglich ist, dann probiere es über Pakistan oder die Türkei. Auf alle Fälle musst du dich bei der russischen Botschaft melden. Du fragst nach dem Botschafter und gibst ihm den Geheimcode, daraufhin kriegst du einen Pass und fährst nach Moskau. Und dort wird alles Weitere für dich geregelt.«

Ich hatte mir den Code wie eine magische Zahl genau eingeprägt, aber manchmal war ich mir nicht mehr ganz sicher, ob ich sie wirklich richtig behalten hatte. In weiser Voraussicht hatte ich sie mir an verschiedenen Stellen in umgekehrter Reihenfolge notiert, unter anderem auf der Innenseite meines linken Schuhabsatzes.

Versuche, im Norden die Grenze nach Russland zu überqueren, schlugen oft fehl. Die Grenzwächter sahen einen schon von Weitem.

Afghanistan war wahrscheinlich der beste Weg. Ich machte mich mitten in der Nacht in Richtung Osten auf. Aber die Flucht hat ihr eigenes Gesetz: Man kann sich noch so viele Szenarien ausdenken, es ist der Weg, der bestimmt, wie es weitergeht.

Eine alte Weisheit half mir: »Der Weg, den du einschlägst, wird dich führen.«

Ich nahm den Weg nach Afghanistan und landete in der Türkei.

Die Türkei ist schön, und die Türken sind sehr anständige Menschen. Ich mag sie. Die türkische Polizei allerdings ist schrecklich. Vor allem in der damaligen Zeit machte sie uns Flüchtlingen das Leben zur Hölle.

Wenn man im türkischen Grenzgebiet aufgegriffen wurde, konnte einem Gott nicht mehr helfen, sondern nur eine Schachtel Marlboro. Es musste eine rote, längliche Schachtel Marlboro sein. Das war wie eine Zauberformel. Keine Dollars dabeizuhaben war bei Weitem nicht so schlimm wie keine Marlboros. Wenn sie in deinen Taschen keine Zigaretten finden konnten, warst du aufgeschmissen.

Abgemagert und ausgehungert erreichte ich schließlich Istanbul.

Obwohl ich natürlich wusste, dass ich nicht der einzige Flüchtling war, hatte ich nicht erwartet, dass meine Landsleute zu Tausenden die Straßen von Ankara und Istanbul bevölkerten.

Ich war naiv, ich betrachtete mich nicht als einen von ihnen und wollte nichts mit ihnen zu tun haben. Ich war auf dem Weg nach Moskau, und von dort aus würde ich den Kampf fortsetzen. Und ich hatte noch genug Geld, um eine Weile auf einen Pass zu warten.

In einem anständigen Hotel nahm ich mir ein ganz passables Zimmer. Am nächsten Tag putzte ich mir die Schuhe und ging frühmorgens zur russischen Botschaft. Niemand stand draußen Wache, das erledigten eine ganze Reihe von Kameras.

Ich drückte auf die Klingel, es dauerte ziemlich lange, bevor sich etwas rührte.

»Was wollen Sie?«, hörte ich jemanden auf Englisch fragen.

Mit dieser Frage hatte ich nicht gerechnet. In meiner Fantasie öffnete sich die Tür, und ich flüsterte einer Rezeptionistin vertraulich ins Ohr: »Ich muss den Botschafter persönlich sprechen.«

»Was wollen Sie?«, wiederholte die Stimme.

»Das kann ich hier auf der Straße nicht sagen, ich muss den Botschafter persönlich sprechen«, flüsterte ich in die Löcher der altmodischen kommunistischen Sprechanlage. Es kam keine Antwort.

»Nur den Botschafter«, flüsterte ich.

Ein Mann im Anzug erschien auf dem Balkon, er musterte mich und drehte sich um. Es dauerte wieder eine Ewigkeit, bis etwas passierte. Ein Soldat kam die Treppe herunter und näherte sich mir. Mit beiden Händen umfasste er die Eisenstäbe, drückte sein Gesicht an das Gitter und sagte mit schwerem russischem Akzent auf Englisch: »Wer sind Sie? Und was wollen Sie?«

Ich sah in ihm sofort einen Genossen und flüsterte: »Internationale Solidarität. Ich komme direkt aus dem Iran, ich habe einen Geheimcode. Und es ist vereinbart, dass ich den Botschafter unter vier Augen spreche.«

Er ging ins Gebäude zurück, kam aber nach fünf Minuten wieder und öffnete eine kleine Tür in dem großen Tor. Dies war ein besonderer Augenblick in meinem Leben, ich war bei den Genossen aus der Sowjetunion, ich fühlte mich sicher.

In einem Zimmer mit braunen Holzbänken in sowjetischem Stil wartete ich. Zum ersten Mal sah ich Porträts der großen Parteiführer, der Männer, deren Bücher ich wie heilige Texte gelesen hatte. Lenin, Stalin und Leonid Breschnew. Neben ihnen hing auch ein großes Plakat, auf dem Tausende von Leuten mit roten Fähnchen auf dem Roten Platz in Moskau standen. Ich war zu Tränen gerührt.

Ich brauchte nicht lange auf den Botschafter zu warten. Er hatte das Gesicht von Lenin und die Züge von Stalin. Wir gaben uns die Hand, und er führte mich in sein Büro. Es war ein unvergesslicher Augenblick, mir war, als wäre ich im Arbeitszimmer von Lenin persönlich. All die Jahre hatte ich über diese Männer gelesen, ich hatte die Fotos von Lenins Arbeitszimmer so oft studiert, dass ich genau wusste, welche Gegenstände auf seinem Schreibtisch standen. Jetzt war ich in einem solchen Arbeitszimmer und alles stimmte, außer den Porträts.

Der Botschafter zeigte auf ein braunes Ledersofa.

»Nun?«, fragte er.

Ich bat ihn um Stift und Papier, um den Geheimcode aufzuschreiben. Er reichte mir einen mit Hammer und Sichel versehenen Notizblock. Ich war furchtbar aufgeregt, aber ich vertraute auf die achtstellige Zahl. Zur Sicherheit zog ich den linken Schuh aus und kontrollierte die Ziffern. Es war das letzte Mal, dass ich an meinem Gedächtnis zweifelte. Die Zahl ist Fleisch geworden: 95736240. Sie ist eigentlich einfach zu behalten:

9 − 5 = 4
7 − 3 = 4
6 − 2 = 4
4 − 0 = 4

Dann musste ich die Zahl mit zwei multiplizieren und in umgekehrter Reihenfolge aufschreiben: 2 x 95736240 machte: 084274191.

Es klappte alles wie am Schnürchen.

Der Botschafter steckte den Zettel ein, bot mir ein Glas russischen Tee an, stellte mir ein paar allgemeine

Fragen über den Iran und sagte: »Kommen Sie nächste Woche wieder.«

Als ich wieder draußen auf der Straße stand, ging ich, nein, ich erhob mich in die blauen Lüfte und schwebte dahin.

10. *Umherirren*

Der Dichter Louis Couperus beklagte sich einmal:

Wohin irre ich?
Was weiß ich von alldem? Ich, Dichter, Fantast, Erfinder, Finder, Troubadour, was weiß denn ich von diesen Dingen! Ich weiß gar nichts.
Aber immer muss ich daran denken: In mir ist nichts als der Krieg, immer nur der Krieg und die Flucht.
Ach, an nichts anderes mehr denken zu müssen als an die Schönheit eines Buchs, eines Gemäldes, einer antiken Statue, einer Landschaft, an das Licht hinter einer Wolke, den Duft einer Blume, den Flug eines Vogels.
Wie herrlich wäre es, man könnte als ein sich verflüchtigender Geist, nicht mehr als ein Gedanke, eine Empfindsamkeit, aufsteigen, weg von dieser Erde, in die azurne Sommernacht.

Eine Woche schwebte ich im azurnen Himmel über Istanbul, ich würde einen russischen Pass bekommen und über Bulgarien nach Moskau reisen.

Ich sah mich schon in Moskau mein Studium wiederaufnehmen. In meiner Heimat wäre ich gern Schriftsteller geworden, jetzt wollte ich mein Glück in Moskau versuchen. Vielleicht würde ich auf Russisch schreiben und ein persisch-russischer Schriftsteller werden.

Wahrscheinlich konnte Couperus während seines unfreiwilligen Aufenthalts in München am Anfang des Ersten Weltkriegs das Licht hinter den Wolken, den Duft der Blumen und den Flug der Vögel nicht wirklich genießen. Ich aber sehr wohl; eine Woche lang legte ich mich oft auf die warmen Steine der Galata-Brücke und sah den leuchtenden Wolken nach und den Vögeln, die sich in großen Schwärmen auf dem Wasser niederließen und in Schwärmen wieder aufstiegen.

Ich besuchte alle Moscheen der Stadt und redete wie ein Besessener mit den Krähen auf den Plätzen: »Ihr Krähen! Noch ein paar Tage, dann bin ich in Moskau.«

Eines Abends hörte ich Hunderte von ihnen in den Bäumen des Taksim-Platzes krächzen, vor Glück rief ich auf Persisch: »Heda, ihr türkischen Krähen, soll ich die Krähen von Moskau von euch grüßen?«

Lärmend flatterten sie auf.

Die Türken sahen mich erstaunt an: »Was ruft denn der bloß?«

Es war eine lange Woche des Wartens und eine kurze Woche des Glücks.

Montags darauf ging ich morgens in aller Frühe wieder zur russischen Botschaft, um meinen internationalen Solidaritätspass abzuholen.

Ich klingelte, und eine bekannte Stimme fragte: »Was willst du?«

Ich flüsterte: »Ich habe einen Termin beim Botschafter.«

»Der Botschafter ist nicht da.«

Ich wartete einen Moment, drückte dann nochmals auf den Klingelknopf, aber jetzt kam keine Antwort mehr. Wieder klingelte ich, doch das Gerät blieb stumm.

Ich bezog Posten am Tor. Exakt um fünf Uhr nachmittags kam der Soldat heraus. Er schaute mich nicht einmal an.

»Genosse«, sagte ich unterwürfig, »wissen Sie zufällig, wann der Botschafter wieder da sein wird?«

»Das weiß ich nicht«, sagte er und salutierte.

Sechs Monate lang ging ich jeden Montagmorgen zur Botschaft, klingelte und fragte: »Ist der Botschafter jetzt da?«

»Nein« war die Antwort jedes Mal.

Ich überlegte, ob ich ihnen einen falschen Code gegeben oder vielleicht sogar von meiner Partei mitbekommen hatte.

Doch daran lag es nicht. Der Botschafter war tatsächlich nicht da, und die Angestellten hatten keine Ahnung, was los war.

In Moskau war etwas Großes geschehen. Die Sowjetunion war im Begriff auseinanderzufallen, aber der Rest der Welt hatte es noch nicht mitbekommen. Wahrscheinlich war ich der Erste, der ans Tor des gestürzten Imperiums klopfte, um an die gescheiterte Solidarität der Internationale zu erinnern. Das große Schiff des Kommunismus sank, und Gorbatschow hatte man die Aufgabe aufgehalst, zu retten, was noch zu retten war. Die Leute in Moskau waren mit sich selbst beschäftigt, jeder versuchte, die eigene Haut zu retten. Geheimcodes? Wovon reden Sie? Alle russischen Botschaften auf der ganzen Welt waren vorübergehend geschlossen und alle Botschafter nach Moskau zurückbeordert worden.

Es sollte noch einige Jahre dauern, bis die Sowjetunion dann tatsächlich zerfiel, aber in meiner Vorstellung war es schon geschehen.

Sechs Monate hielt ich es in Istanbul aus, dann ging es wirklich nicht mehr.

Am Anfang hatte ich mir voll guten Mutes ein sauberes Zimmer mit Doppelbett genommen. Letzteres war zwar nicht nötig, aber man hatte einen herrlichen Blick auf den Bosporus. Eine Woche konnte ich mir das schon leisten. Als ich einsehen musste, dass mein Aufenthalt länger dauern würde, als ich erwartet hatte, zog ich in ein kleineres Zimmer im zweiten Stock um. Einige Wochen später bezog ich ein noch kleineres Zimmer im dritten Stock. Und schließlich das kleinste Zimmer des Hotels im vierten.

Ich hatte noch Geld, aber wie lange würde ich in der Türkei bleiben müssen? Ich musste etwas in der Hinterhand behalten für den Fall, dass ich verhaftet wurde und Polizisten bestechen musste. Ich sparte am Essen, aß nur Brot und manchmal etwas Suppe. Der Tag würde kommen, an dem ich meine Reserven angreifen oder das Hotel verlassen musste. Ich bot dem Besitzer meine Uhr an. Dafür durfte ich noch drei weitere Tage bei ihm übernachten.

Der Raum war kein Zimmer, sondern eine Abstellkammer. Ich musste die Schuhe vor der Tür ausziehen und direkt ins Bett steigen. Außer dem Bett passte nichts hinein. Auch Licht gab es nicht. Es war, als läge man in einem Grab.

Ach, vielleicht war ich ja nächste Woche schon in Moskau, in einem Zimmer am Roten Platz, und konnte vom Fenster aus die berühmten goldenen Kuppeln sehen.

Die Abstellkammer stank, aber ich durfte nicht klagen. Eines Nachts hörte ich Gepiepe. Unter dem Bett wimmelte es von Ratten. So schnell mich meine Beine trugen, verließ ich das Hotel.

Die Abstellkammer war ein Klo gewesen. Der Besitzer hatte ein Brett über das Loch gelegt und darauf ein Bett gestellt.

11. Die Albträume

Ich habe wieder schrecklich geträumt. Ich träumte, ich ging in Istanbul durch eine schmale Gasse, eine der Gassen, die zu den Bahngleisen führen.

Es war spät am Abend, der Himmel war schwarz, die Laternen brannten nicht. Und doch lag über allem ein schwaches, diffuses Licht, das Licht eines Schattenreichs, in dem es nie Tag wird, aber auch nie Nacht.

Aus den Fenstern hingen Menschen und verfolgten totenstill jede meiner Bewegungen.

Plötzlich hörte ich Schritte, aber so laut, dass es sich anhörte wie ein Zug, der über die Schienen rast. Das Geräusch steigerte sich zu ohrenbetäubendem Lärm. Meine Eltern standen vor mir. Mir fiel auf, dass sie keine Schatten warfen.

»Bist du es, Junge?«, flüsterte meine Mutter. »Ich kann dir nicht die Hand geben, siehst du?«

»Warum habt ihr solche Eile?«

Mein Vater zeigte auf eine seiner Zeichnungen, die er aufgerollt unter dem Arm trug.

»Was hast du da?«

»Das Porträt deines Urgroßvaters.«

»Warum hast du das dabei?«

Obwohl er kleiner ist als ich, beugte er sich über mich und brachte seine Hände ganz nah an mein Gesicht, damit ich sehen konnte, was er mir sagen wollte: »Das … zu gefährlich.«

Dann übergab er meiner Mutter die Zeichnung und stemmte mit seinem Taschenmesser einen Kanaldeckel hoch. Ich sah eine Eisenleiter, die er hinabstieg. Meine Mutter folgte ihm.

Diesen Albtraum habe ich aus Willem Frederik Hermans' Novelle *In de mist van het schimmenrijk*, *Im Nebel des Schattenreichs*, übernommen. Darin zeichnet der Student Karel R. Herman's Gedanken und Erlebnisse aus dem besetzten Amsterdam auf.

Als ich das Buch las, notierte ich mir die Stelle in mein Heft.

Denn ich hatte den gleichen Albtraum gehabt.

In Istanbul wurde ich von Albträumen heimgesucht. Ich hatte meine Frau und mein Töchterchen im Stich gelassen, ich konnte nicht mehr nach Hause zurück und hatte nirgends eine Bleibe. Der Mann, der mit seinen Genossen das Volk hatte befreien wollen, war ein Vagabund geworden.

Auf meinen Wanderungen durch Istanbul mied ich die Straße, an der die Botschaft lag. Ich tauchte ein in die Menge der Flüchtlinge und überließ alles dem Schicksal.

Es war nicht leicht, eine Unterkunft zu finden. Die Türken glaubten, alle iranischen Flüchtlinge wären stinkreich und hätten alle ihre eigene Erdölquelle. Deshalb verlangten sie von meinen Landsleuten Mietpreise, die drei Mal so hoch waren wie normal. An allen

Straßenecken lauerten Polizisten auf ihre Beute. Wer einen erblickte, duckte sich in eine der Gassen. Jedem, der aussah, als hätte er Geld, stellten sie sich in den Weg.

»Ausweis!« war das Erste, wonach sie fragten, denn sie wussten, dass sich die meisten illegal in der Türkei aufhielten. Wenn deine Papiere in Ordnung waren, fragten sie dich nach deiner Adresse, und wenn sie einmal deine Adresse hatten, ließen sie dich nicht mehr in Ruhe. Sie kamen mitten in der Nacht und verlangten Geld. Wer nicht zahlte, wurde mitgenommen. Man musste immer einen Zehn-Dollar-Schein parat haben, sonst durchsuchten sie alles, bis sie dein Geld gefunden hatten.

Ich hatte meine Ersparnisse im Kragen meines Mantels versteckt und war voller Angst, sie könnten das irgendwann entdecken.

Um nicht verrückt zu werden, ging ich stundenlang in der Stadt spazieren. Meine Tränen behielt ich immer für mich. Aber als ich am Ufer des Bosporus stand und ein großes Frachtschiff vorbeifahren sah, brach ich in Schluchzen aus.

Eines Tages sah ich Hunderte meiner Landsleute vor dem Polizeipräsidium stehen. Es war ein seltsamer Anblick, denn normalerweise machten alle einen großen Bogen um das Gebäude. Die Flüchtlinge hatten bei den Vereinten Nationen Klage gegen die türkische Polizei eingereicht. Und jetzt war eine Delegation der UN gekommen, die das Verhalten der Polizisten kritisierte.

Ich hielt vergeblich Ausschau nach einem Bekannten. Ein junger Mann schrie etwas in die Richtung des Präsidiums. Er war verzweifelt und wütend, er stieß die Faust in die Luft. Auch andere schrien harte Worte. Es überraschte mich, dass meine Landsleute Parolen auf Türkisch riefen:

»Türk polisi faşist!«

»Yardım! Yardım! Yardım! Hilfe! Hilfe! Hilfe!«

Die Polizisten fühlten sich bedroht und fielen mit ihren Knüppeln über die Leute her, sie verhafteten alle, deren sie habhaft werden konnten, und schleiften sie über den Boden zum Präsidium.

Der junge Mann, der als Erster gerufen hatte, zog plötzlich eine Flasche aus seiner Manteltasche und goss sich den Inhalt über Kopf und Kleider. Erst als er ein Feuerzeug zückte, begriff ich, dass es Benzin war. Da brannte er aber schon lichterloh. Ich warf meinen Rucksack weg, riss mir den Mantel herunter und rannte zu ihm. Doch da er sich vor Schmerzen wand wie eine Marionette, gelang es mir nicht, ihn festzuhalten. Alle waren vor Schreck wie erstarrt, auch die Polizisten. Dann stürzte sich ein Landsmann auf ihn und riss ihn zu Boden. Ich warf ihm meinen Mantel über den Kopf, um die Flammen zu löschen. Die Frauen kreischten, die Männer skandierten ihre Parolen noch kräftiger, die Delegierten der Vereinten Nationen kamen aus dem Gebäude gerannt. Die Emotionen kochten hoch.

Mit heulenden Sirenen fuhr ein Krankenwagen vor, und wenig später traf ein Trupp berittener Polizei ein. Die Polizisten trieben die Demonstranten vor sich her, die sich, so schnell sie konnten, aus dem Staub machten. Ich grapschte mir meinen Mantel und rannte los, schoss in eine Gasse hinein. An deren Ende bog ich rechts ab, schlug mit der Stirn an etwas Hartes und fiel zu Boden.

Ich weiß nicht mehr, wie lange ich dort lag, bis mir jemand aufhalf. Es war ein Landsmann.

»Was ist passiert?«, fragte er.

Ich konnte mich an nichts erinnern.

»Sie haben Verbrennungen im Gesicht und an den Händen, auch Ihre Kleidung ist ganz schwarz.«

Ich brachte immer noch kein Wort heraus.

»Haben Sie Verwandte hier? Eine Frau? Kinder?«

Jetzt begannen meine Augen zu brennen, und die Tränen liefen mir über die Wangen. Mit seiner Frage hatte der Mann mich im Innersten getroffen, er brachte mich wieder in Kontakt mit mir selbst. Doch ich hatte immer noch einen Kloß im Hals.

»Wo übernachten Sie?« Er ließ nicht locker.

Ich übernachtete zu der Zeit in einer billigen Pension außerhalb der Stadt, wo ich erst nach zehn Uhr abends willkommen war und das Zimmer schon morgens um sechs wieder verlassen musste. Ich teilte es mit türkischen Saisonarbeitern und zahlte drei Dollar die Nacht.

Der Mann lud mich in ein Teehaus ein, wo ich ihm einen Teil meiner Geschichte anvertraute.

Er war Chirurg und hatte als Arzt in der Armee gedient. Er ließ durchblicken, dass er in derselben linken Untergrundbewegung wie ich aktiv gewesen war.

»Sie sehen nicht gesund aus«, sagte er besorgt, »kommen Sie mit zu mir. Es wird Ihnen guttun.«

»Wo wohnen Sie?«, fragte ich.

»Bei einem alten Ehepaar, für das die Miete zu teuer geworden ist. Es sind armenische Iraner, die nach Amerika wollen; ihre Papiere sind aber immer noch nicht in Ordnung. Außer mir wohnen noch drei andere Männer dort. Alle illegal. Wir dürfen erst bei Einbruch der Dunkelheit ins Haus. Aber am nächsten Tag brauchen wir nicht raus, wenn es nicht unbedingt nötig ist. Es sind wirklich nette Leute. Und die Frau kocht ausgezeichnet. Wir zahlen sieben Dollar pro Person für die Nacht und dafür dürfen wir auch mitessen. Einer meiner Mitbewohner ist ausgezogen. Du kannst seinen Platz haben.«

Es war eine ungewöhnliche Einladung, und eigentlich durfte ich niemandem trauen, aber ich hatte nichts mehr zu verlieren. Ich konnte die Einsamkeit nicht mehr ertragen.

Das baufällige Gebäude, zu dem er mich führte, war kaum mehr ein Haus zu nennen. Aber es war mir egal, solange ich nur eine Bleibe hatte.

Im stockdunklen Gang schlug mir der vertraute Geruch von persischem Essen entgegen. Ich roch frisches Brot und hörte eine Stimme mütterliche Worte auf Persisch flüstern: »Komm herein, mein Sohn. Ach, was ist mit deinem Gesicht passiert?«

Ich wollte ihr keinen Kummer bereiten und sagte deshalb nur: »Salam, was für ein liebevolles Haus.«

Das Zimmer war einfach, aber warm und gemütlich und es roch nach Zuhause.

Der Tee stand bereit, ein kleiner Fernseher murmelte vor sich hin und ein roter Kassettenrecorder sang persische Lieder. Drei Männer standen vom Fußboden auf, wo sie gesessen und gelesen oder Schach gespielt hatten. Ich weiß nicht, warum, aber in diesem Augenblick brach ich zusammen.

Die Männer halfen mir auf, führten mich ins Badezimmer, setzten mich in eine große Kupferwanne, wie ich sie aus dem Hamam kannte, und gossen mir warmes Wasser über den Kopf. Sie wuschen mich wie einen Bruder, schenkten mir ihre eigenen frischen Kleider und ließen mich am Ofen Platz nehmen, wo mir die alte Frau eine Schale Suppe und ein Stück warmes Brot auf einem runden Tablett hingestellt hatte. »Ein Glück, dass deine Familie dich nicht in diesem Zustand sieht. Hast du Frau und Kinder?«

Ich erzählte ihr von meiner Familie und wie ich hierhergelangt war.

»Weiß deine Frau, dass du jetzt in der Türkei bist?«

»Ich habe ihr eine Ansichtskarte mit ›Grüße aus Istanbul‹ geschickt, weiß aber nicht, ob sie die erhalten hat.«

Eine Woche blieb ich im Haus und wurde von der persischen Frau mit den schmackhaftesten Suppen versorgt. Ich trank Tee, schaute Fernsehen, las alte Zeitungen, spielte Schach, verlor. Jedes Mal verlor ich aufs Neue. Bis ich zu gewinnen begann und schließlich alle schachmatt setzte.

Eines Nachts verließ ich heimlich das Haus, um mir die Beine zu vertreten und darüber nachzudenken, was als Nächstes zu tun sei. In einer Gasse versperrte mir ein Polizist den Weg. Er drückte mich an einen Laternenpfahl und sagte: »Ich weiß, wo du wohnst. Lass was springen, oder ich nehm dich mit.«

Ich steckte ihm einen Schein zu. Im Licht der Laterne sah er, dass es zehn Dollar waren. Er versetzte mir einen Schlag auf die Schulter und sagte: »So viel kostet deine Schwester – mehr!« Etwas Geld hatte ich noch in den Taschen. Der Rest war im Kragen meines Mantels. Wenn er das entdeckte, war ich geliefert.

»Mehr habe ich nicht«, stammelte ich.

Er schlug nochmals zu und dirigierte mich zum Streifenwagen, der unter den Bäumen an der Straße stand. Wenn er mich verhaftete, konnte mir niemand mehr helfen.

»Warte«, sagte ich und drückte ihm die letzten beiden Scheine in die Hand.

»Ich gebe dir eine Woche Zeit. Bist du dann noch nicht weg, kannst du was erleben. Verstanden?«

»Verstanden.«

Ich war genug herumgeirrt, Warten hatte keinen Sinn mehr und Moskau musste ich mir aus dem Kopf schlagen. Nach dieser Woche, in der ich mich gut ausgeruht und gut gegessen hatte, spürte ich wieder die Kraft, eine Entscheidung zu treffen.

Ich musste mich wie Tausende andere Flüchtlinge außer Landes schmuggeln lassen.

Dafür brauchte ich Geld. Mithilfe einer Verwandten meiner Gastgeber suchte ich Kontakt zu meiner Frau, und sie sorgte dafür, dass ich über eine persische Firma in Istanbul mehrere Tausend Dollar bekam.

Alle Illegalen waren auf der Suche nach Menschenschmugglern. Von den Hunderten, die es in Istanbul gab, war nicht einer zuverlässig, aber man hatte keine Wahl.

Das Gesetz des Dschungels regierte, nur die Stärksten würden überleben. Wer viel zahlen konnte, wurde an die besten Orte der Welt gebracht.

Für zehntausend Dollar brachten die Schmuggler einen innerhalb einer Woche nach New York.

Für neuntausend war man innerhalb von drei Tagen in London.

Mit achttausend war man innerhalb von drei Tagen in Paris.

Für Berlin zahlte man siebentausend, für Stockholm fünf, für Oslo vier und für Kopenhagen drei.

Wer nur zweitausend Dollar hatte, musste sich mit den Niederlanden begnügen.

In die Niederlande wollte keiner. Niemand wusste, wo dieses Land genau lag. Es wirkte verdächtig, die Leute rieten ab: »Tu das nicht, es ist schade um dein Geld. Die Sprache ist schwer zu lernen, und das Land ist winzig. Es regnet jeden Tag, und es ist immer windig.«

Nachdem ich meine Schulden beglichen hatte, blieben mir noch genau zweitausendsiebenhundertfünfzig Dollar. Davon wollte ich noch einen Anzug, ein Hemd und ein Paar Schuhe kaufen. Für Notfälle musste ich ein paar Hunderter zurückbehalten. Ich konnte also den Schmugglern, die offenbar runde Zahlen liebten, exakt zweitausend Dollar anbieten.

Sie hatten kein Büro und operierten alle unter einem Decknamen wie Atilgan, Ayaz, Saffer, Yahya. Und immer arbeiteten sie mit Polizeibeamten zusammen, die ihnen Rückendeckung boten.

Es gab eine Kneipe, in der man sie antreffen konnte. Man musste sich draußen unter dem Baum an einen Tisch setzen. Von drinnen wurde man dann begutachtet. Wenn man einen zuverlässigen Eindruck machte, schickten sie einen ihrer Handlanger, der sich zu einem setzte und einem eine Zigarette anbot. So kam man ins Gespräch.

»Wie viel hast du?«

»Zweitausend Dollar.«

Der Handlanger spuckte gegen den Baum und verschwand. Ich war nicht der Mühe wert. Ich blieb noch eine Viertelstunde sitzen.

Ein junger Mann in meinem Alter, an dessen scharfem Blick man erkennen konnte, dass er keiner von den Ganoven war, setzte sich zu mir und sagte in einer Mischung aus Türkisch und Englisch: »Mit zweitausend Dollar kommst du nirgendwohin.«

Auch er bot mir eine Zigarette an.

»Es ist alles, was ich habe.«

Er warf mir einen prüfenden Blick zu und sah sofort, dass ich die Wahrheit sprach.

»Komm mit.«

Auf seinem Motorrad fuhren wir kreuz und quer durch die Stadt, er wollte sichergehen, dass niemand uns folgte. Bei einem schäbigen Lokal in einem Vorort stiegen wir ab und er bestellte uns etwas zu essen.

»Hast du Kinder?«, fragte er freundlich.

»Ja, eine kleine Tochter.«

»Ich auch, ich habe auch eine kleine Tochter«, sagte er lächelnd.

Er hatte ein sympathisches Gesicht, dunkle Augen und dunkles, lockiges Haar.

»Wo sind deine Frau und deine Tochter?«

»Zu Hause, im Iran.«

»Das ist vernünftig, auf solchen Reisen haben sie nichts verloren.«

Nachdem wir gegessen hatten, schob er mir einen Zettel zu und sagte: »Schreib mir deine Adresse auf. Ab morgen bleibst du abends zu Hause. Halte dein Geld bereit. Kein Gepäck. Und Mund zu.«

Ich schrieb die Adresse auf, er steckte den Zettel ein, zahlte und fuhr weg. Ich ging zu Fuß nach Hause.

Fünfzehn Abende und fünfzehn lange Nächte wartete ich vergeblich auf ihn. Reichte mein Geld doch nicht? Vertraute er mir nicht? War der Transport noch nicht geregelt?

Er hatte sich zu nichts verpflichtet. Wahrscheinlich hatte er zahlungskräftigere Kunden gefunden. Aber zum Glück hatte ich mein Geld noch. Ich kannte viele, die im Voraus gezahlt und dann nie mehr etwas von dem Schmuggler gehört hatten. Oder Leute hatten zehntausend Dollar für einen Flug nach Amerika hingeblättert und waren dann auf einem anderen Flugplatz in der Türkei gelandet. Aber im Grunde meines Herzens wusste ich, dass dieser Mann mich nicht im Stich lassen würde.

Ich sollte recht behalten. In der sechzehnten Nacht kam er. Meine Mitbewohner und das alte Ehepaar wünschten mir Glück. Ich umarmte alle und küsste die Frau. Dann folgte ich dem Mann zu seinem Motorrad, das er unter einem Baum abgestellt hatte, und setzte mich auf den Rücksitz. Wir fuhren aus der Stadt in die Hügellandschaft. An einer menschenleeren Stelle stoppte er und fragte nach dem Geld.

Was sollte ich tun?

Ich zog einen Umschlag unter der Kleidung hervor.

Im Licht des Scheinwerfers zählte er die Geldscheine. Zweitausend Dollar. Er steckte den Umschlag ein. Jetzt hätte er wegfahren und mich stehen lassen können. Er tat es nicht. Wir fuhren noch eine Viertelstunde über eine kurvenreiche Straße. Vor uns tauchten die Umrisse eines Lkws auf.

Der Schmuggler stoppte. Der Lkw-Fahrer stieg aus und öffnete die Ladeklappe.

Der Schmuggler schlug mir auf die Schulter und sagte nur: »Iyi şanslar, viel Glück!« Dann schwang er sich auf sein Motorrad und brauste davon. Langsam verschwand sein rotes Rücklicht in der Dunkelheit.

Ich kletterte in den Laderaum und kroch zwischen den Paletten hindurch nach hinten.

Der Lastwagen startete, nach einer Weile hörte ich leise Stimmen. Außer mir waren noch sechs oder sieben Männer da. Jeder in Erwartung dessen, was das Leben ihm bringen würde.

12. Ordnung im Chaos

Ich war gerade bei einem syrischen Freund, Saleh bin Ahamd, einem Schriftsteller meines Alters. Er lebt allein. Den ganzen Tag bleibt er zu Hause, um seine arabischen Geschichten zu schreiben. Zu Beginn unserer Freundschaft besuchte er mich oft in meinem Geschäft. Wir unterhielten uns eine Weile in gebrochenem Niederländisch, dann ging er wieder.

Nach und nach blieb er immer länger und redete auch einfach weiter, wenn ein Kunde hereinkam.

Später ging er mit einem Klappstuhl in der Hand durch die Stadt, und manchmal saß er seelenruhig stundenlang vor meinem Laden und rauchte.

Angenehm fand ich es nicht, aber ich brachte es nicht übers Herz, ihn wegzuschicken. Auch wenn ich seinetwegen alle Kunden verlöre, könnte ich es nicht.

Der Schriftsteller Saleh bin Ahamd war aus seiner Sprache gefallen. Manchmal blieb er Monate weg, um dann plötzlich vor mir zu stehen. Vor Kurzem war das wieder der Fall. Es war früh am Morgen. Er hatte sich einen riesigen orangefarbenen aufblasbaren Hammer mit der Aufschrift »Hopp! Holland! Hopp!« auf den Rücken gebunden.

Ich ließ die Luft aus dem Ding, rollte es zusammen und brachte den verwirrten Saleh nach Hause.

Am nächsten Morgen hörte ich auf einmal Schreie. Auf der gegenüberliegenden Seite der Gracht stand ein Krankenwagen, umringt von einer Menschenmenge. Ich konnte nicht gleich erkennen, was passiert war. Dann sah ich einen Polizisten, der einen orangefarbenen Hammer in der Hand hielt. Ich rannte los, aber noch bevor ich dort war, fuhr der Krankenwagen weg.

In dem Schriftsteller Saleh bin Ahamd erkenne ich mich selbst. Er ist mein Schmerz. Stapel voller Manuskripte hat er auf Arabisch geschrieben. Oft, wenn ich zu Hause in meinem Dachzimmer sitze und schreibe, denke ich an ihn.

Heute wurde er nach einer Behandlung aus dem psychiatrischen Krankenhaus entlassen. Ich habe ihn aufgesucht.

»Ich fühle mich besser«, sagte Saleh. Wie gerne würde ich ihm glauben.

Saleh bin Ahamd erinnert mich an meine Zeit in Istanbul.

Holländer machen oft Urlaub in der Türkei. Alle sagen, mit all seinen geheimnisvollen Moscheen sei Istanbul ein wahres Paradies.

Dutzende Male bin ich gedankenlos durch diese Gassen gegangen und an den historischen Orten und Gebetshäusern vorbeigekommen.

Vor Kurzem las ich das Buch eines türkischen Schriftstellers über Istanbul. Es war ein merkwürdiges Erlebnis. Erst nachdem ich dieses Buch gelesen hatte, konnte ich die Stadt wirklich sehen.

Der türkische Autor schreibt: »Um Istanbul genießen zu können und der Gnade der Weinstöcke, der Bäume und der Ruinen teilhaftig zu werden, muss man hier zuallererst ein Fremder gewesen sein.«

Ich war lange ein Fremder in Istanbul, ohne jedoch die Weinstöcke oder die Bäume wahrzunehmen.

So befürchte ich auch, dass Saleh bin Ahamd bisher weder die Grachten noch die Boote noch die Kirchen noch den Dam von Amsterdam wirklich wahrgenommen hat.

Ich ließ Istanbul hinter mir, als ich in den achtzehnrädrigen Lastwagen stieg.

Wir saßen im Dunkeln und hatten keine Ahnung, welche Strecke der Lkw fuhr. Jetzt, da ich selbst oft durch Deutschland reise, bin ich mir so gut wie sicher, dass wir über Düsseldorf nach Holland fuhren. Es müssen zwei Fahrer gewesen sein, denn wir haben unterwegs nur dreimal kurz angehalten.

Wir hockten hinter den Paletten auf dem Boden, es war so eng, dass wir uns nicht hinlegen konnten. Uns war gesagt worden, wir sollten uns ruhig verhalten, denn der Sauerstoff sei knapp. Und tatsächlich kam nur wenig frische Luft durch den Spalt unter der Tür herein, sodass wir uns nach kurzer Zeit alle in einer Art Dämmerzustand befanden. Manchmal hörte ich jemanden etwas murmeln, gedämpft und schleppend.

»Wooo siiind wiiir, glaaaubst duuu?«

»Weiiiiiß niiiich …«

Vor lauter Angst, ich könnte im Schlaf ersticken,

zwang ich mich, wach zu bleiben. Nach ein paar Stunden in der Hocke hatte ich das Gefühl, meine Beine wären enorm geschwollen. Ich konnte sie nicht ausstrecken, es war einfach nicht genug Platz, aber länger konnte ich es nicht mehr aushalten, meine Knie zerplatzten fast unter dem Druck. Mit den Händen stieß ich mich vom Boden ab, was etwas half, aber auch das hielt ich nicht lange aus. Ich ließ den Kopf auf den Boden sinken und empfand etwas Erleichterung, aber dafür bekam ich kaum noch Luft. Mühsam kroch ich zwischen den Paletten hindurch zur Tür, presste den Mund an den Spalt und atmete ein paarmal tief ein. Die frische Luft vertrieb den Schmerz in den Beinen und im Nacken.

»Kriecht zur Tür, sonst werdet ihr alle sterben«, flüsterte ich den anderen auf Englisch zu.

Zuerst reagierte niemand, dann hörte ich dumpfes Gepolter.

Ich konnte sie in der völligen Finsternis nicht sehen, schlug ein paarmal mit der Hand auf den Boden und sagte: »Kommt zu der Spalte unter der Tür und holt tief Luft.«

Als sie sich besser fühlten, hatten sie auch die Kraft, sich zu unterhalten. Wir waren zu siebt: ein Afghane, ein Iraner, ein Armenier aus Syrien, ein Iraker, ein Kurde aus der Türkei und zwei Bulgaren.

Wir vertrieben uns die Zeit mit Gesprächen, die notgedrungen kurz waren. Manche sprachen kein Wort Englisch.

In unserer Vorstellung sahen wir uns wieder frei herumlaufen in Jerewan, Damaskus, Kurdistan, Isfahan und Bagdad.

Wenn der Lastwagen langsamer fuhr, krochen wir wieder hinter die Paletten.

Während der Fahrt öffnete sich die Ladeklappe drei Mal. Ohne ein Wort mit uns zu wechseln, tauschte der Fahrer einen leeren Eimer gegen den vollen. Wasser und Brot hatten wir genug.

Beim letzten Mal, als die Tür aufging, strömte eine herrliche Menge Luft herein, und der Fahrer rief: »Acele, çabuk … los, macht schon!«

Da wir zu lange in derselben Haltung gesessen hatten, gelang es uns nicht, uns aufzurichten. Auf Händen und Füßen krochen wir zur Tür und zogen uns an den Paletten hoch.

»Acele! Bu şekilde … Los! Dahin!«, rief er.

Nachdem er uns alle in verschiedene Richtungen in die Dunkelheit geschickt hatte, fuhr er davon.

Ich habe keine Ahnung, wohin die anderen Männer gegangen sind und wohin es sie verschlagen hat. Ich selbst folgte einer von Wassergräben und Bauernhöfen gesäumten Straße. Es gab weder Berge noch Hügel, an denen ich mich hätte orientieren können, bis ich in der Ferne einen Kirchturm erblickte.

In das Dorf, in das ich in aller Herrgottsfrühe kam, war wahrscheinlich noch nie ein Fremder gekommen. Die Leute starrten mich verdutzt an. Vermutlich machte ich einen ziemlichen verwirrten Eindruck. Als ich schon fast bei der Kirche angelangt war, hielt ein Polizeiwagen neben mir. Ich hob die Hände in die Höhe und rief: »Asyl!«

Das Wort hatte uns einer der Fahrer ins Ohr geflüstert.

Auf der Polizeiwache wurde ich verhört. Ein Beamter notierte sich in groben Zügen meine Geschichte und nahm mir Fingerabdrücke ab. Dann brachte er mich zu einem Asylantenheim in einer ehemaligen Kaserne an einem Ort, wo nie ein gewöhnlicher Sterblicher hinkam.

Ich war in einer Welt gelandet, von deren Existenz ich nichts geahnt hatte. Ein paar Hundert bärtige und nichtbärtige Männer, die rauchten und in verschiedenen Sprachen redeten, Musliminnen in farbenprächtigen, langen Gewändern, russische Frauen in Miniröcken, hochschwangere bulgarische Frauen, radelnde mongolische Kinder, somalische Kriegsflüchtlinge, chinesische Babys in den Armen ihrer jungen Mütter, iranische Dichter, bosnische Schauspieler und Schauspielerinnen, türkische Armenier, Kämpfer der kurdischen PKK, bildschöne afghanische Mädchen, Verbrecher, ehemalige Guerilleros, gestandene Generäle, Drogenhändler, Huren, Spione, Diebe, Lügner, Märtyrer, holländische Katzen und Hunde: Sie alle lebten hier zusammen.

Hoch oben auf einem Baum saß eine Krähe, die alle im Auge behielt.

Ich kam in ein kleines Zimmer, in dem noch fünf andere Männer in Etagenbetten schliefen.

Ich hatte mich gerade auf meinem Bett ausgestreckt, die Arme unter dem Kopf, als von draußen der Lärm heulender Sirenen hereindrang. Alle rannten hinaus. Ein junger Serbe war in einer der Duschkabinen niedergestochen worden. Nun mussten sich alle Männer mit erhobenen Händen an eine Mauer stellen. Ich stand zwischen einem Bosnier und einem Iraker.

Es war eine chaotische Situation. Während die Polizisten nach dem Täter suchten, lag eine Gruppe von Flüchtlingen, erschöpft von einem längeren Hungerstreik, auf Matratzen im Fernsehzimmer. Die Männer lebten mit ihren Familien bereits acht Jahre in diesem Lager und warteten immer noch auf eine Entscheidung in ihrem Asylverfahren.

Es gab Leute, die es in diesem Chaos und dieser Unsicherheit nicht lange aushielten. Sie suchten Schmuggler, die sie nach Kanada oder in die Vereinigten Staaten bringen sollten. Tag und Nacht stand eine lange Reihe vor der einzigen Telefonzelle des Lagers. Man rief in der Heimat an.

»Verkauf unser Haus, schick mir das Geld.«

»Verkauf unser Auto, schick mir das Geld.«

»Geh zu meinem Vater, bitte ihn um etwas Geld.«

»Verkauf deinen Schmuck, schick mir das Geld.«

Zwei Mal war auch ich drauf und dran, meine Frau anzurufen und zu sagen: »Geh zu meinem Vater und bitte ihn um Geld.«

Ich wusste, dass mein Vater sein Haus verkaufen würde, um mir zu helfen, aber noch bevor die Verbindung zustande kam, legte ich den Hörer auf: Ich konnte ihm das nicht antun.

Als ich zum dritten Mal den Hörer aufnahm und die Nummer wählen wollte, wurde an die Scheibe geklopft. Eine Gruppe von Freiwilligen versuchte, mit niederländischem Sprachunterricht Ordnung in das Chaos zu bringen.

Eine von ihnen, eine Frau, rief durch das Glas: »Wir geben eine Stunde Niederländisch! Machen Sie mit?«

Ich legte den Hörer auf und folgte der Frau.

Die Krähe flog krächzend über das Lager.

13. Der Schwank von der Kuh

Es sind viele Jahre vergangen seit dem Tag, an dem ich zum Sprachunterricht ging, und inzwischen habe ich fast alle niederländischen Bücher gelesen, die man gelesen haben muss.

Manchmal, wenn ich mich länger mit einem Text beschäftigen möchte, versuche ich, ihn ins Persische zu übersetzen. Ich habe keine persischen Leser, ich mache es nur für mich selbst.

Zuletzt habe ich *De klucht van de koe (Der Schwank von der Kuh)* des Amsterdamer Schriftstellers Gerbrand Adriaenszoon Bredero übersetzt. Ein Glanzstück der Literatur des Goldenen Zeitalters.

Das Stück handelt von einem dummen Bauern und einem listigen, frechen Dieb, der dem Bauern erst die Kuh stiehlt und sie ihm dann wieder verkauft. Im Vorspann der Ausgabe seiner Possen aus dem Jahr 1619 wirbt der Dichter um das Verständnis seiner Leser:

Ich hab, o werter Freund und Herr,
Zu diesem Vorschlag nichts zu sagen mehr,
Und konnte ihn auf Wunsch nicht teilen;
Mein Wissen ist dafür zu klein,
Ein Werk, so schön es auch mag sein,
Es wird ihm immer etwas fehlen.

Das ist fürwahr kein frommer Mann,
Der mehr schafft, als er selber kann.
Wie ich's vermag, so hab ich es geschrieben.
Und Ihr, die dieses seht, erkennt und lest,
Seid Ihr begabt mit hochsinnigem Geist,
So mögt Ihr Nachsicht mit dem jungen Lehrling üben.

Ich konnte den Amsterdamer Dialekt des 17. Jahrhunderts natürlich nicht ohne Hilfe übersetzen. Die Hilfe kam von Harry, einem Fotografen, der Amsterdamer Geschäfte und Geschäftsleute fotografiert. Man könne die Geschichte einer Stadt am besten durch die Veränderungen der Geschäfte dokumentieren.

»In den vergangenen zehn Jahren haben viele Einwanderer in der Stadt neue Läden eröffnet. Ich bin Zeuge einer tief greifenden Veränderung. Erst vor Kurzem habe ich eine Serie gemacht mit Nachtläden, asiatischen Restaurants, afghanischen Lebensmittelgeschäften, marokkanischen Bäckern, persischen Teehäusern mit Wasserpfeifen, türkischem Brot, Baklava, großen Wassermelonen und so weiter und so fort.«

Er verkauft seine Fotos an die städtischen Behörden und die Zeitungen.

»Dein Geschäft ist etwas Besonderes. Es befindet sich in einem historisch bedeutungsvollen Gebäude. Vor allem dein Aushängeschild ist das Tüpfelchen auf dem i«, meint Harry.

Er hat ein schönes Foto von mir vor meinem Laden gemacht: »Kaffeemakler Refiq Foad.«

Es erschien in der Amsterdamer Stadtzeitung.

Manchmal gehe ich mit Harry in die Kneipe um die Ecke. Von ihm habe ich gelernt, eisgekühlten alten Genever zu trinken. Ich habe zu Hause immer eine Flasche im Kühlschrank stehen. In der Kneipe habe ich den *Schwank von der Kuh* mit ihm gelesen. Die holländische Sprache hat uns miteinander verbunden.

In regelmäßigen Abständen besucht er mich: »Hast du noch Fragen, Foad?«

Ich öffne das Heft und lasse ihn Stellen meiner Erzählungen lesen, wo es noch etwas hapert. Harry korrigiert sie. Ich revanchiere mich mit Kaffee.

Ich weiß nicht, wem oder was ich es zu verdanken habe, aber eines Tages sagte jemand von den Sicherheitsleuten im Asylantenheim zu mir, ich solle meine Sachen packen und mitkommen. Erst dachte ich, sie wollten mich abschieben. Mit zwei anderen Männern stieg ich resigniert in einen Lieferwagen. Wir fuhren auf einer Straße, die parallel zu einem grünen Deich verlief. Nach einer halben Stunde hielten wir vor einem kleinen Bauernhof. Dort würde ich mit den beiden anderen Männern vorläufig wohnen. Das Heim brauchte unsere Betten für neue Asylbewerber.

Ich stellte mich darauf ein, auf unbestimmte Zeit mit zwei mir völlig unbekannten Menschen zusammenzuleben, aber sie verschwanden nach einer Woche und kamen nicht mehr zurück. Höchstwahrscheinlich haben sie sich auf den Weg nach Amerika gemacht.

Allein in dem Haus, musste ich mich mit dem Deich, dem Regen, den Kühen und der Sprache arrangieren und etwas aus meinem Leben machen, damit ich meine Frau und mein Töchterchen nachkommen lassen konnte.

Es gab drei kleine Schlafzimmer mit Messingbetten, die mit weißer Bettwäsche bezogen waren. Im Wohnzimmer befanden sich ein runder brauner Tisch und ein Fernseher. In der kahlen Küche stand einsam eine schwarze Kaffeemaschine.

Ich musste aufpassen, dass mich das Haus nicht umbrachte.

Oft ging ich draußen spazieren, die Erde war neu, und es roch noch nach Fisch und Algen. Es war etwas Besonderes, dort zu wohnen. Früher war alles in meiner Umgebung alt gewesen: die Berge, die Flüsse, die Weingärten, die Krähe vor unserem Haus, die Moschee, die Teppiche. Die Männer waren grauhaarig und die Frauen verschleiert. Hier war alles jung und neu. Sogar die Krähe auf der Laterne war jung. Ich wohnte im Polder, und das inspirierte mich.

Im ersten Monat genügte mir die Umgebung, danach ging alles schief. In meiner Heimat hatte ich erst gegen den Schah gekämpft, dann gegen die Geistlichen. Nach der Flucht kämpfte ich in der Türkei gegen den türkischen Polizeiapparat. In diesem Polder war es beängstigend ruhig. Niemand bedrohte mich. Ich geriet aus dem Gleichgewicht.

Jeden Tag schrieb ich bis tief in die Nacht auf Persisch. Jetzt hatte ich alle Zeit, alle Ruhe der Welt, ich war in Sicherheit, und doch wollte es mir nicht gelingen.

Ich fühlte mich krank; wenn ich auf Persisch schrieb, schnürte es mir die Kehle zu. Ich sah mich immer tiefer im Sand des Polders versinken.

Man schreibt, um andere teilnehmen zu lassen, sonst erstickt man in den eigenen Worten. Ich hatte keine Leser, außerdem war meine geliebte persische Sprache von den Geistlichen usurpiert worden. Meine Sprache war vergiftet, sie beengte mich.

Der Kummer schnürte mir die Kehle zu und wurde hart wie Stein. Ich bekam kaum noch Luft.

Erst in dem Haus im Polder wurde mir klar, dass die Welt im Begriff war, sich zu ändern. Das Asylantenheim war ein deutliches Symptom dafür, und ohne dass ich es gemerkt hatte, war ich Teil dieser Veränderung geworden.

Welchen Sinn hatte es, in meiner Muttersprache für niemanden zu schreiben? Ich sollte neu beginnen, andere Geschichten erzählen. Die Geschichten derjenigen, die ihr Haus und ihre Sprache verlassen hatten, die Geschichten derjenigen, die kamen, und derjenigen, die sie kommen sahen.

Es war nicht die Zeit für Müdigkeit, nicht die Zeit, an meinem Kummer zu ersticken.

Ich ging in der Stille des Polders spazieren und dachte nach.

Zu Anfang des vorigen Jahrhunderts waren viele Schriftsteller aus dem Nahen Osten nach Europa gereist. Einige lebten mehrere Jahre in Paris, unter ihnen der iranische Autor Sadeq Hedayat. Er lernte die französische

Sprache und Literatur kennen. Nach seiner Rückkehr in die Heimat schrieb er seinen ersten Roman auf Persisch.

Hedayat war nicht der einzige, viele folgten seinem Beispiel. Die Schriftsteller lernten die Sprache des Gastlandes und lösten nach ihrer Rückkehr einen Wandel in der einheimischen Kultur aus.

Wie etwa Moshir Aldollah, der das französische Gesetzbuch ins Persische übersetzte. Seine Übersetzung wurde später die Grundlage der ersten persischen Verfassung.

Diese Intellektuellen lernten zwar die Sprache ihres Gastlandes, aber keiner hielt es für notwendig, auch darin zu schreiben.

Eines Tages sah ich im Fernsehen eine Königin mit einer Krone auf dem Kopf. Sie saß auf einem königlichen Stuhl und verlas einen langen Text. Ich nahm an, dass es die Königin der Niederlande war, und schaute interessiert zu. Von ihrer Rede verstand ich kein Wort. Es war eine lange Reihe von Klängen. Ich dachte: Schreiben in der Sprache dieser Königin könnte eine magische Erfahrung sein.

Instinktiv griff ich zu einem Kuli und schrieb in meinem Heft Seite um Seite voll. Zu meiner Überraschung fühlte ich mich danach besser. Der Stein in meiner Kehle war weg.

Ich hatte dreiundzwanzig Seiten auf Niederländisch geschrieben. Dort standen zwar genug Wörter, die es tatsächlich gab, aber nur ich verstand den Zusammenhang.

Die Sätze waren verstümmelt, die Grammatik ließ zu wünschen übrig. Ich wusste, was ich meinte, aber jemand anderem musste das alles spanisch vorkommen.

Nach meinem Empfinden hatte ich den Text in der Sprache der Königin der Niederlande geschrieben. Um ihn anderen verständlich zu machen, brauchte ich mehr Wörter.

Also radelte ich zu einer Zweigstelle der Stadtbücherei, um mir ein Buch auszuleihen.

14. Ein großes niederländisches Bett

Am Ufer des Teiches war es warm und totenstill. Die Sonne, rot und abgemattet von der Arbeit des Tages, schien sich einen Augenblick am fernen Dünenrand auszuruhen, bevor sie unterging. Beinahe vollkommen spiegelte das glatte Wasser ihr leuchtendes Angesicht wieder. Die weit über den Teich herabhängenden Blätter der Buche nützten die Stille, um sich einmal so recht andächtig im Spiegel zu beschauen. Der einsame Reiher, der zwischen den breiten Blättern der Wasserlilie auf einem Bein stand, vergaß, dass er ausgegangen war, um Frösche zu fangen, und starrte in Gedanken versunken vor sich hin.

Dies ist ein Zitat aus einem wichtigen Werk der niederländischen Literatur. Das Buch lag in der Kantine des Asylantenheims auf dem Tisch, an dem Miranda ihre Seminararbeit schrieb.

Miranda machte ein Praktikum bei uns. Das Thema ihrer Arbeit war die Immigrantenproblematik. Wir hatten uns schon ein paarmal darüber unterhalten.

»Setzen Sie sich doch«, sagte sie.

Ich nahm das Buch und blätterte darin. »Ein schönes Buch?«

»Sehr schön, geschrieben in einer wunderbaren, verträumten Sprache.«

Lesen konnte ich es nicht, aber ich merkte mir den Titel und den Namen des Autors: *Der kleine Johannes* von Frederik van Eeden.

Dieses Buch holte ich mir also aus der Stadtbibliothek. Leider konnte ich es immer noch nicht lesen, es war einfach noch zu schwierig für mich.

Gegenüber niederländischen Schriftstellern meines Alters hatte ich einen Rückstand von dreiunddreißig Jahren. Ich musste einfach schreiben und durfte keine Angst haben, Fehler zu machen. Ja, gerade dadurch würde ich die Sprache lernen.

Ich brauchte Frederik van Eeden nicht gleich zu verstehen, ich musste mir die Wörter aneignen, die er verwendet hatte, und mir überlegen, wo ich meine erste niederländische Geschichte spielen lassen sollte.

Sie liegt vor Ihnen, lieber Leser.

Ein niederländischer Geschäftsmann hatte in der Lagerhalle eines alten Bauernhofs, in der früher die Kartoffelernte aufbewahrt wurde, ein Verkaufslager eingerichtet.

Der Bauernhof lag an der Straße, wo die Bewohner des Asylantenheims täglich in kleinen Gruppen in die Stadt gingen oder radelten.

Der Geschäftsmann verkaufte Gebrauchtwaren: Betten, Schränke, Lampen, Fahrräder, Staubsauger, Waschmaschinen, Besteck, Stühle, Radios, Fernseher, Teller und was man für einen Haushalt sonst noch so braucht.

Lauter Sachen, die vor einem Vierteljahrhundert hochmodern gewesen waren.

Die meisten Flüchtlinge, die sich in der Halle umsahen, kamen aus Krisenherden wie Afghanistan, Irak, Serbien, Kroatien, Somalia und Äthiopien. In ihren Augen war das alles der letzte Schrei.

Familien, die auf ihre Aufenthaltserlaubnis warteten, sparten ihr Taschengeld, liehen sich noch etwas dazu, schlachteten ihr Sparschwein und kauften sich Sachen für ihr Traumhaus. Da sie oft lange warten mussten, bis sie eine Wohnung angeboten bekamen, fand der Verkäufer eine Lösung: Wer eine große Anschaffung tätigte, bekam einen Lagerplatz in dem Schuppen, in dem früher die Zwiebelernte aufbewahrt wurde. So verdiente der Schlauberger sich an den Ausländern eine goldene Nase.

Eine seiner festen Kundinnen war eine alleinstehende Frau aus Somalia. Nach drei Jahren im Asylantenheim bekam sie eine kleine Wohnung im vierten Stock eines alten Mietshauses in der Stadt.

Gemeinsam mit einigen Männern aus dem Heim beschloss ich, ihr beim Einzug zu helfen.

Wir schleppten Möbel, Spiegel und Stühle nach oben. Beim Bett passierte es. Es blieb im dritten Stock zwischen dem Treppengeländer und der Wand stecken.

In dem riesigen Doppelbett hätten vier Afghanen, Iraker, Somalier oder Äthiopier leicht Platz gehabt. Es war mit einem Philips-Radio ausgestattet, und ins Gestell waren vier Lautsprecher eingelassen. Wenn man fernsehen wollte, konnte man mit einem kleinen Hebel das Kopfteil höher stellen.

Der Krach im Treppenhaus weckte die Neugierde

der niederländischen Nachbarn. Sie kamen aus ihren Wohnungen und bestaunten das Bett. Einer von ihnen holte seinen Werkzeugkasten und nahm das Ungetüm auseinander, sodass wir es in Teilen hinauftragen konnten. Leider war die ganze Aktion umsonst, denn das Bett passte nicht ins Schlafzimmer. Platz fand es nur im Wohnzimmer. Wir stellten es unter das Fenster, als wäre es eine Ruhebank in einem somalischen Garten. Wir setzten uns alle darauf und warteten auf den Tee, den uns die Frau versprochen hatte. Leider war das tolle Radio kaputt, und wir mussten auf Musik verzichten.

»Wie kommen Sie an diese Antiquität?«, fragte der Nachbar.

»Es ist keine Antiquität, ich habe siebenhundert Gulden dafür bezahlt«, antwortete die Somalierin.

»Was, siebenhundert Gulden für dieses Ungetüm? Da wären Sie besser zu IKEA gegangen. Für hundertfünfzig Gulden hätten Sie dort ein passendes Bett gefunden und ein ganz anständiges Radio dazu!«

Der Nachbar meinte es gut, aber er begriff nicht, worum es ging. In dem Bett, auf dem er saß, schlief die Somalierin in ihren Träumen seit Jahren.

Ich schrieb einen Artikel voller sprachlicher Fehler über ein vergleichbares Erlebnis zwischen Ausländern und Niederländern.

Tags darauf lud ich Miranda zu mir ein. Ausnahmsweise schien die Sonne. Ich stellte uns Stühle und einen Tisch in den Garten und servierte frische Datteln und Tee.

Sie trank den Tee und probierte eine Dattel. »Wunderbar«, sagte sie und schloss die Augen.

Ich wusste nicht genau, was sie wunderbar fand, die Sonne, den Tee oder die Datteln.

Sie schob den Rock über die Knie hoch, und ich las ihr vor, was ich geschrieben hatte.

Sie hörte genau zu und korrigierte jeden Fehler.

Am Ende des Nachmittags waren ihre Beine etwas rot. Sie öffnete die Augen und sagte: »Du hast einen interessanten Artikel geschrieben, und das auch noch auf Niederländisch.«

Ermutigt durch ihren Kommentar radelte ich am Abend zur Lokalzeitung. In den Räumen der Redaktion im zweiten Stock brannte noch Licht.

Wie sollte ich all den Aufpassern, Rezeptionisten und Praktikantinnen erklären, warum ich jemanden von der Redaktion sprechen wollte?

Also nahm ich einen Kieselstein und warf ihn an die Fensterscheibe. Keine Reaktion. Ich warf noch ein Steinchen. Ein Mann sah kurz auf, beugte sich wieder über seine Arbeit. Beim dritten Steinchen sah er aus dem Fenster. Ich winkte mit meinem Manuskript. Er öffnete das Fenster.

»Was ist?«, rief er.

»Ich habe etwas geschrieben.«

»Wie bitte?«

»Eine Geschichte«, rief ich.

Er bedeutete mir, er werde nach unten kommen.

Im Schein der Straßenlaterne las er meine Geschichte.

»Ich schaue mal, ob ich Platz dafür habe«, sagte er und notierte sich meinen Namen und meine Adresse.

Am nächsten Tag stand der Artikel in der Zeitung.

Mein erster auf Niederländisch geschriebener Text war veröffentlicht worden.

Unter meinem eigenen Namen.

15. Busselinck & Waterman

Hier in unserer Straße, an der Lauriergracht, steht ein großes Gebäude; es gehört der Kaffeegesellschaft Busselinck & Waterman. Die Firma ist schon vierhundert Jahre im Kaffeehandel tätig, und obwohl ich für sie keinerlei Gefahr darstelle, ignorieren mich ihre Angestellten.

An der Börse benehmen sie sich mir gegenüber geradezu unverschämt. Sie behandeln mich, als ob ich Luft wäre.

Einer von ihnen ist von orientalischen Frauen wie besessen. Jedes Mal, wenn wir uns zufällig begegnen, macht er anzügliche Bemerkungen.

»Gehen Musliminnen verschleiert in die Dusche?«

»Knackig sehen sie aus mit ihrer Decke über dem Kopf.«

»Du hast es gut. Wenn du nach Hause kommst, steht das Essen schon auf dem Tisch, ich muss mir immer erst eine Schürze vorbinden und für meine Frau kochen.«

Obwohl ich immer nur mit einem schwachen Lächeln reagierte, ließ er nicht locker. Bis vorige Woche. Da machte er seine letzte witzige Bemerkung.

In der Börse stieg er zu mir in den Aufzug.

»Du warst wohl auf Reisen?«

»Ja«, sagte ich, »in Deutschland.«

»Wenn deine Frau im Laden steht, steigt der Umsatz. Der Kaffee, den sie verkauft, schmeckt einfach besser«, sagte er mit einem gemeinen Lächeln.

Vielleicht meinte er es nicht böse, aber für mich war es zu viel. Das Blut stieg mir ins Gesicht. Ich verlor die Selbstbeherrschung und rief, eine Hand auf dem Rücken, den Zeigefinger der anderen drohend erhoben: »Saul, Saul, Saul, hab ich geschrien, wie David musst ich fliehen, ich hab dir nicht verziehen, was du Tyrann mir angedroht, in deiner Not, Not, Not, Not!«

Er konnte den Aufzug gar nicht schnell genug verlassen.

Eigentlich war nichts Besonderes passiert, ich hatte lediglich eine Strophe des »Wilhelmus«, der niederländischen Nationalhymne, etwas variiert und in chaotischer Reihenfolge laut rezitiert, und zwar die Strophe, in der der Prinz von Oranien seine Flucht beklagt:

Als David muste fliehen,
vor Saulo dem tyrann,
so hab ich müssen weichen,
mit manchem edelman,
Aber Gott thet jhn erheben,
erlösen aus aller not,
ein königreich gegeben,
in Israel sehr gros.

Nach niederländischen Maßstäben mag ich ein erfolgreicher Händler sein, sonst hätte mir wohl keine Bank Geld geliehen, um dieses Haus zu erwerben. Dennoch wusste ich von Anfang an, dass die Niederlande mich als Kaffeehändler nicht brauchten. Dass das nur ein Übergangsstadium war.

Die Kaffeefirma Busselinck & Waterman gab neulich anlässlich ihres vierhundertjährigen Bestehens ein großes Fest. Alle Amsterdamer Kaffeehändler waren eingeladen, nur ich nicht.

Ich sah meine Konkurrenten mit ihren Ehefrauen in festlicher Kleidung an meinem Haus vorüberziehen. Und da war die Königin, ich traute meinen Augen nicht. Sie trug einen kolossalen orangenfarbenen Hut, sie wandte ihren Kopf und sah kurz zu mir herein.

In meinem Laden liegt ein ganzer Stapel Manuskripte, aber es ist mir bisher nicht gelungen, auch nur einen einzigen Roman in den Niederlanden zu veröffentlichen. Deshalb arbeite ich immer noch als Kaffeehändler.

Einige meiner Bücher sind ebenso wichtig wie Multatulis *Max Havelaar*. Dieses Meisterwerk lese ich gerade wieder, auf der Suche nach einer Krähe.

Es ist mir gleichgültig, was die Mitarbeiter von Busselinck & Waterman von mir halten.

Ich freue mich auf den Tag, an dem der widerliche Angestellte seinem Chef eine Neuerscheinung auf den Schreibtisch legt.

»Was ist das?«, fragt der Chef.

»Das Debüt des Persers! Aus der Lauriergracht 37.«

16. Prinsengracht 263

Mein Vater weinte nie. Wenn er betrübt war, ging er zum Tempel des unbekannten Heiligen. Er kniete sich neben das Grab, klickte leise mit einem Steinchen gegen den Grabstein und redete mit dem Heiligen, bis er sich besser fühlte. Dann ging er wieder nach Hause.

In Amsterdam gibt es kein solches Grab, deshalb gehe ich zur Prinsengracht 263, zum Anne-Frank-Haus. Ich stelle mir vor, ich würde aus dem Dachbodenfenster auf den Kastanienbaum schauen, den Baum, über den Anne Frank in ihrem Tagebuch schrieb:

»Unser Kastanienbaum steht von oben bis unten in voller Blüte und ist viel schöner als im vergangenen Jahr.«

Wenn ich traurig bin, setze ich mich in der Nähe des Anne-Frank-Hauses unter einen alten Baum.

In seiner Krone befindet sich seit Jahren ein Nest, in dem eine betagte Krähe lebt. Krähen können hundert Jahre alt werden. Die alte Krähe fliegt nur noch selten aus und niemand beachtet sie. Ich glaube, ich bin der einzige Mensch, der von ihrer Existenz weiß.

Sie kennt mich und weiß, wo mein Laden ist. Wenn es dunkel wird, verlässt sie ihr Nest, springt auf einen Zweig und schaut sich um, ob die Luft rein ist. Dann fliegt sie über die Grachten zu meinem Laden. Sie pickt die Brotkrumen, die ich ihr hingelegt habe, und trinkt das Wasser aus dem Schälchen, das nur für sie dasteht. Wenn sie sich gesättigt hat, fliegt sie zu ihrem Baum zurück.

Diese Krähe ist eine Zeugin, sie hat alles gesehen, was im vergangenen Jahrhundert in Amsterdam geschah: die deutsche Besetzung, die Verfolgung der Juden und die Ankunft der Türken und Marokkaner, die als Gastarbeiter kamen.

Anne Frank inspiriert mich. In einer schwierigen Zeit wollte sie Schriftstellerin werden. Den Erfolg ihres Buches hat sie nicht mehr erlebt, aber ihre Fantasie hat die Gewalt überdauert.

Heute ist Sonntag, die Sonne scheint und ich sehe Leute im Schatten der Bäume in ihren Gärten sitzen.

Mein Haus hat weder einen Garten noch einen Balkon. Ich hielt es auf dem Speicher nicht mehr aus und ging in den Vondelpark.

Es störte mich nicht, dass es dort sehr voll war. Ich kann mich gut abschotten und auf das Schreiben konzentrieren.

Nachdem ich ein paar Stunden geschrieben hatte, ging ich auf eine Zigarette zu Denis, der ein Esslokal am Platz hat.

Denis kenne ich aus meiner Zeit im Auffanglager. Er war Mitglied einer illegalen kurdischen Widerstandsgruppe, die für die Autonomie der Kurden in der Türkei kämpfte. Wir sind alte Freunde, fast wie Brüder, und auch unsere Frauen und Töchter sind befreundet. Sobald

Denis mich sieht, wischt er sich die Hände an seinem Kebabtuch ab und kommt mit seinem Tabak heraus, um eine Selbstgedrehte mit mir zu rauchen.

Als ich zum ersten Mal hierherkam, waren alle Geschäfte noch fest in niederländischer Hand: eine Bierkneipe, ein Zigarrenladen, ein paar Souvenirgeschäfte, die Delfter Blau verkauften, ein Fotoladen, eine Apotheke, eine gemütliche Buchhandlung und mehrere Kleidergeschäfte. Jetzt würden Sie Ihren Augen nicht trauen: Die ehemaligen Flüchtlinge haben die Geschäfte übernommen. Mit ein bisschen Fantasie könnte man behaupten, dass man vor lauter Rauch aus den Kebab-Läden die Bäume auf dem Platz kaum mehr sieht. Ich kenne die Geschäftsleute alle, sie kaufen ihren Kaffee bei mir.

Angefangen hat Denis in Amsterdam-Ost mit einem kleinen Schawarma-Lokal. Das hat er immer noch, aber vor Kurzem hat er hier auch eins eröffnet, und es läuft fabelhaft.

»Dein Lokal liegt sehr schön hier am Platz«, sagte ich einmal zu ihm.

»Aber ich träume von einem großen, luxuriösen Schawarma-Restaurant in einem der alten Häuser an der Herengracht. Und dann noch eins am Leidseplein, direkt neben dem Theater.«

Wir lachten beide laut und rauchten unsere Selbstgedrehten.

Denis hat eine Tochter, die Aline heißt; sie ist hier geboren und studiert an der Amsterdamer Modeakademie. Kurdische Frauen sind sowieso schon schön, aber

Aline ist eine Amsterdamer Kurdin, und das bedeutet, dass sie doppelt so schön ist.

Sie ist ihrem Vater eine große Hilfe, sie kümmert sich um seine Finanzen, macht seine Steuererklärung und regelt für ihn alles mit den Behörden.

Ehrlich gesagt sind alle Immigranten-Töchter besondere Menschen. Sie sind selbstständig und stehen doch unerschütterlich zu ihren Vätern.

Vorige Woche war Alines Diplomverleihung. Sie hatte ihre erste Modenschau organisiert. Denis rief mich an: »Kommst du mit?«

Die Frauen waren schon vor uns aufgebrochen. Ich warf mich in Schale und fuhr zu Denis. Er wusch sich die Hände ein paarmal gründlich mit Seife, zog einen neuen Anzug an, knüpfte sich die Krawatte und stieg ins Auto.

»Du riechst ziemlich nach Fleisch«, sagte ich.

»Wirklich?«

»Ja, nach Schaf.«

Ich stoppte vor einem Laden, der abends geöffnet war. Dort kaufte Denis sich ein Deo, besprühte sich von oben bis unten und setzte sich wieder zu mir ins Auto.

Ich kurbelte mein Fenster ein wenig herunter, damit etwas frische Luft hereinkam.

Wie zwei bedeutende Amsterdamer Herren fuhren wir zur Akademie.

Manche Mädchen haben andere Träume. Nilu zum Beispiel.

An dem Platz befindet sich auch der Laden eines Afghanen, bei dem man allerlei nahöstliche Lebensmittel kaufen kann. Er heißt Dschamal, der Laden ist ein Familienbetrieb. Auch sein Vater, seine Mutter und seine Frau arbeiten mit.

Nach der Schule steht auch seine Tochter Nilu an der Kasse. Sie ist etwa vierzehn Jahre alt.

»Hallo Nilu, was willst du später werden?«, frage ich sie öfter.

»Ärztin«, antwortet sie mit einem Lächeln, um ihren Vater glücklich zu machen.

Wer nicht genau hinschaut, könnte Nilu für ein hässliches Entlein halten. Mir hat sie einmal anvertraut, dass sie in Wirklichkeit Miss Niederlande werden will.

Das bleibt unser Geheimnis, bis sie tatsächlich das schönste Mädchen dieses Landes geworden ist.

Dann darf die Krähe es allen verkünden.

17. *Kaffee*

Obwohl ich mit Kaffee handle, trinke ich selber kaum welchen.

Ich bin Perser, und Perser sind Teetrinker. Wir züchten die besten Teesträucher der Welt. Teepflanzen heißen bei uns »Teezweige«. Eigentlich ist ein Teestrauch ein kleiner Baum, der bis zu drei Meter hoch werden kann. Seine Blätter sind von leuchtendem Grün. Bei uns werden sie von jungen Mädchen gepflückt, die das mit großer Umsicht tun. Sie säubern jedes Blatt einzeln und legen es auf einem eigens dafür bestimmten Holzgestell in die milde Sonne. Die getrockneten Blätter werden zum Markt gebracht. Aus ihnen wird der persische Tee zubereitet. Wenn man ihn aufbrüht, füllt sein Duft das ganze Haus, den Innenhof und die Gasse. Dann weiß jeder, dass man Tee trinkt. Und auch, dass man es nicht allein tut. Denn Tee trinkt man mit einem Freund, mit seiner Familie oder mit seiner Liebsten. Man trinkt bitteren Tee, wenn der Vater gestorben ist. Oder wenn man Kaffeehändler geworden ist.

Tee ist Teil der persischen Identität. Teegläser finden sich überall in unserer Literatur. Das Wort »Kaffee« hingegen sucht man beinahe vergeblich.

Hinten in meinem Laden steht ein Samowar. Er ist klein und goldfarben und stammt vom Flohmarkt auf dem Waterlooplein. Den ganzen Tag kann ich heißen Tee trinken.

Meine erste Bekanntschaft mit Kaffee verdanke ich der Mutter meines Vaters. Sie erzählte uns Enkelkindern gerne exotische Geschichten.

Großmutter erzählte, sie sei vor langer Zeit auf dem Weg in die heilige Stadt Karbala durch das Nachbarland Irak gekommen:

»Nachdem meine beiden älteren Schwestern und ich eine Woche lang auf Kamelen durch die Wüste geritten waren, kamen wir eines Abends zu einer Karawanserei, wo wir uns einige Tage ausruhen durften. Todmüde rollten wir einen Teppich an die Wand, setzten uns und streckten unsere müden Beine. Ein Äthiopier, in der Hand ein Kohleöfchen und auf dem Rücken einen Korb, fragte uns, ob wir Kaffee wollten. Ja, natürlich wollten wir das. Der Mann brannte die Kaffeebohnen, mahlte sie vor unseren Augen, bereitete das Getränk in einem kleinen Topf und füllte es in drei Schälchen.

Wir hatten noch nie Kaffee getrunken. Überwältigt von dem Duft, der Farbe und dem besonderen, bitteren Geschmack, der sich mit der Süße der Zuckerwürfel auf der Zunge verband, genossen wir dieses Erlebnis und bestellten noch eine zweite Tasse. Doch ohne es zu wissen, hatten wir etwas Dummes getan. Wir hatten den starken Kaffee auf leeren Magen getrunken. Wir, die wir so müde waren und immer so höflich, wir, die wir sonst so bescheiden waren, begannen zu reden. Wir kicherten laut. Der Kaffee tat seine Wirkung, und wir brachten unsere Männer in Verlegenheit. Für unser törichtes Verhalten mussten wir in Karbala den heiligen Imam Hussein um Verzeihung bitten.«

Die Geschichte meiner ersten Bekanntschaft mit dem Kaffee ist weit weniger poetisch als die meiner Großmutter.

In der Zeit, als ich alles Mögliche unternahm, um meine Frau und Tochter durch Vermittlung der Vereinten Nationen in die Niederlande zu holen, bekam ich einen Brief von der Stadt, mein Antrag werde abgelehnt, da ich weder eine Aufenthaltserlaubnis noch eine Arbeit hätte.

An der fehlenden Aufenthaltserlaubnis konnte ich wenig ändern, aber Arbeit suchen konnte ich.

Mit Mirandas Hilfe bewarb ich mich um Stellen bei der Stadtverwaltung und anderen Behörden, aber nie wurde ich zu einem Gespräch eingeladen.

Zu dieser Zeit war ich Tag und Nacht mit der niederländischen Sprache beschäftigt.

Ich hatte eine neue Geschichte geschrieben. Miranda las sie, korrigierte sie und gab sie mir mit den Worten zurück: »Sehr schön, dein Niederländisch wird immer besser.«

»Hast du noch viele Fehler gefunden?«

»Ja, natürlich«, sagte sie lächelnd, »aber ich habe sie alle verbessert. Du beschreibst manches anders, als es üblich ist, dann bin ich mir oft nicht sicher, ob ich das verbessern soll. Ich glaube, es ist zum Teil dein Stil, und die Geschichte gewinnt dadurch. Warte mal.«

Sie kramte in ihrem Rucksack und gab mir einen Zeitungsausschnitt: »Hier habe ich die Adresse einer großen Kaffeefirma für dich. Sie brauchen jemanden in der Produktion. Das könnte deine Chance sein.«

Es handelte sich um eine amerikanisch-niederländische Firma. Ich rechnete nicht damit, dass sie mich nehmen würden, aber offenbar konnten sie mich gebrauchen.

Ich arbeitete in Wechselschicht, ging am Fließband entlang, überprüfte die Qualität des Kaffees, nahm Proben, ließ sie im Laboratorium testen und füllte Formulare aus.

Ich war froh über diese Stelle, und mein Einkommen lag genau zehn Prozent über dem Mindestlohn.

Der Abteilungschef war zufrieden mit mir, aber die Arbeit war schrecklich langweilig. An den Bändern in den Produktionshallen entlanggehen und alles im Auge behalten war nicht das, was mir vorschwebte. Meine Gedanken schossen in alle Richtungen.

Sobald ich nach Hause kam, setzte ich mich an meine Geschichten. Ich schickte sie Miranda mit der Post. Sie korrigierte sie Wort für Wort und brachte sie mir zurück.

Ich klagte, die Zeit auf der Arbeit vergehe so langsam und ich sähe wohl tausend Mal am Tag auf die große Uhr. Eines Abends bat ich sie: »Bring mir Gedichte, Miranda, erlöse mich aus meinem Elend!«

Fortan brachte sie immer ein paar niederländische Gedichte mit.

Ich schrieb sie mir auf einen Zettel, der in meine Hand passte. Während ich an den Bändern, den großen

Öfen, in denen die Bohnen geröstet wurden, und den Mahlmaschinen entlangging, summte ich im betäubenden Aroma des Kaffees Gedichte vor mich hin.

Beim Klang von Guido Gezelles Versen vergaß ich die große Wanduhr:

Hab manche Stunde neben dir,
Da sie verfloss, genossen,
Und keine Stunde hat bei dir
Mich irgendwann verdrossen.
Hab manche, manche Blume dir
Ersehn und lesen dürfen
Und bienengleich mit dir, mit dir
Daraus den Honig schlürfen.
Nichts aber war so hold mit dir …

18. Der Weg

Es sollte noch mehrere Jahre dauern, bis meine Frau und mein Töchterchen nachkommen konnten. Um den beiden im Iran ein Mindestmaß an Sicherheit zu bieten, hatten wir uns vor meiner Flucht scheiden lassen. Jetzt erwies sich die Scheidung als Hindernis. Ich musste beweisen, dass wir es nur zum Schein getan hatten, sonst durften sie nicht einreisen.

Ich stellte mir oft die Frage, wie es wäre, wenn ich kündigen und nur noch schreiben würde. Aber ich verwarf den Gedanken schnell wieder. Ohne gesichertes Einkommen würde es mir nie gelingen, meine Familie nachzuholen.

Meine Geschichten schrieb ich vorwiegend mit Bleistift, damit ich Fehler leicht ausradieren konnte. Damals besaßen noch nicht viele Leute einen Computer, aber Miranda hatte sich einen angeschafft, um ihre Magisterarbeit zu schreiben. Meine Geschichten zogen vom Papier in den Computer um.

Obwohl ich ein miserabler Koch war, kochte ich ein paarmal persische Gerichte, die wir am Computer aßen, während sie meine Texte korrigierte. Manchmal blieb ich anschließend noch ein wenig, wir tranken etwas und redeten über Gott und die Welt.

Auf Mirandas Rat hin besuchte ich abends Vorlesungen. Ich wollte die niederländische Sprache und Literatur besser kennenlernen.

All das führte dazu, dass ich Raubbau an meiner Gesundheit trieb. Sowohl auf der Arbeit als auch im Hörsaal nickte ich regelmäßig ein. Und wenn ich endlich im Bett lag, grübelte ich die ganze Nacht über mein unglückliches Leben.

Jetzt, da ich eine feste Anstellung hatte, hätte ich meine Familie ernähren können. Ich schrieb unablässig Briefe an die Vereinten Nationen und bekniete die Stadt mit der immer gleichen Frage: Wann kann ich meine Frau und meine Tochter in die Arme schließen?

Die Beamten konnten mir nichts versprechen. Und doch hatten sie Verständnis für mich und halfen mir, ohne dass ich etwas davon ahnte. Gemeinsam mit dem Anwalt des Asylantenheims sorgten sie für eine Aufenthaltsgenehmigung. Das verdankte ich meinen ersten Geschichten. Oder vielleicht auch Miranda. Denn Miranda schickte meinem Anwalt Kopien meiner Texte. »Früher rasten Züge durch meine Nächte. Sie bereiteten mir Albträume. Jetzt sind es Flugzeuge, die in meinem Schlaf auftauchen. Sie landen. Sie starten. Sie bringen mir Passagiere. Dann fliegen sie leer zurück.«

Ich weiß noch genau, wie ich mich fühlte, als ich die Aufenthaltserlaubnis bekam.

Meine Tochter war groß geworden und auch meine Frau hatte sich verändert, sie war nicht mehr das Mädchen, das mir in Teheran das Leben gerettet hatte.

Am Anfang war alles wunderbar. Wir wohnten in dem Haus am Deich. Doch ich merkte allmählich, wie schwer die Jahre nach meiner Flucht für meine Frau gewesen waren.

Meine politische Aktivität und deren Folgen hatten ihr das Leben zur Hölle gemacht. Sie sehnte sich nach Ruhe, sie wollte ein Familienleben, aber das konnte ich ihr nicht bieten. Wir hatten uns auseinanderentwickelt. Meine Flucht hatte eine neue Situation geschaffen. Jetzt, da wir wieder vereint waren, glaubten wir, wir hätten die Vergangenheit hinter uns gelassen. Aber gerade hier, in der Stille der Polderlandschaft, holte die Vergangenheit uns ein. Außerdem hatte die Flucht einen anderen Menschen aus mir gemacht.

Ich tat alles, um uns das Leben angenehm zu machen, aber es war mühsam. Zwischen uns hatte sich eine Kluft aufgetan, die durch die Zeit der Trennung nur noch tiefer geworden war. Ich hatte das Bedürfnis, allein zu sein, zu schreiben und meine Kontakte zu pflegen, aber mit meiner Familie ging das nicht mehr. Ich musste zur Arbeit gehen, daneben studierte ich und ich brauchte Zeit zum Schreiben. Ich war reizbar geworden, reagierte heftig auf jede kritische Bemerkung meiner Frau, und wir stritten uns wegen Kleinigkeiten.

Auch ich war ihr fremd geworden. Sie ahnte, dass es eine andere Frau in meinem Leben gab. Sie fragte mich, wer es sei, und ich bestritt es.

Es passte nicht zu mir, meine Frau und mein Kind im Stich zu lassen, und das wollte ich auch nicht. Ich musste mein Gleichgewicht innerhalb der Familie wiederfinden, um schreiben zu können, aber die Zeit zerrann mir zwischen den Fingern.

Eines Freitagabends, als ich vom Bahnhof nach Hause ging, rief Miranda mich mehrmals beim Namen. Sie kam mit dem Fahrrad von hinten, doch ich war so in Gedanken versunken, dass ich sie nicht hörte. Da legte sie mir die Hand auf die Schulter und fragte: »Wo bist du nur mit deinen Gedanken?«

Ich zuckte zusammen.

»Soll ich dich ein Stück mitnehmen?«, fragte sie.

Am liebsten wäre ich auf den Gepäckträger gesprungen, aber ich tat es nicht. Dieser Platz war nicht für mich bestimmt.

»Ich will zuschauen, wie du radelnd im Regen verschwindest«, sagte ich.

Miranda winkte und verschwand im Regen.

19. Alte Freunde

Gestern kamen Morad, Farida und Samad bei mir vorbei, wir wollten uns einer Demonstration gegen das iranische Regime auf dem Dam anschließen.

Ich kenne alle drei aus meiner Studienzeit in Teheran. Sie waren verhaftet worden und konnten ihr Studium nicht beenden. Einige Jahre vor mir waren sie geflohen und hatten wie ich durch Zufall in den Niederlanden Asyl gefunden.

Inzwischen hat Morad sein Studium in Nijmegen abgeschlossen, er ist Projektmanager bei der Eisenbahn. Samad absolvierte sein Studium an der Erasmus-Universität von Rotterdam und ist heute ein hervorragender und geschätzter Herzchirurg.

»Du bist ein persischer Arzt, der die gebrochenen holländischen Herzen heilt«, sagen wir scherzend zu ihm.

Farida ist Hausärztin geworden, sie hat eine Praxis in Den Haag. Als ich sie in ihrem ersten Semester in Teheran kennenlernte, hatte sie langes schwarzes Haar, das ihr über die Schultern fiel.

»Du bist blond geworden, Farida, wo sind deine schwarzen Locken geblieben?«, necke ich sie.

»Die hab ich im Haus meines Vaters zurückgelassen«, antwortet sie.

Voller Begeisterung erzählt sie aus ihrer Praxis: »Ich habe Patienten aus hundertfünfunddreißig verschiedenen Kulturen, und alle sprechen Niederländisch! Es ist fantastisch, jeden Tag mache ich neue Erfahrungen. Ich lerne so unglaublich viel.«

Ich bin stolz auf meine Freunde. Sie wissen, dass ich schreibe, ich erzähle ihnen manchmal davon. Aber obwohl ich nicht gläubig bin, und auch nicht abergläubisch, habe ich doch Angst, meine Bücher könnten sich verflüchtigen, wenn ich mit anderen über sie spreche.

Schließlich habe ich meine Heimat und meine Toten nicht verlassen, um hier an der Lauriergracht 37 bis an mein Lebensende Kaffee zu verkaufen.

Habe ich schon erzählt, dass ich einen Stapel Manuskripte im Laden liegen habe und dass es mir noch nicht gelungen ist, für sie einen Verleger zu finden?

Seit Jahren schicke ich meine Manuskripte an verschiedene Verlage, und immer bekomme ich die gleiche Antwort: »Ihre Erzählung ist außergewöhnlich, aber sie passt nicht in unser Programm.«

Ich habe Geduld, meine Zeit wird noch kommen.

Ich bewahre die Manuskripte in einem Schrank im Abstellraum zwischen den Kaffeesäcken auf. Ich warte so geduldig wie meine Wörter und Sätze. Ich warte so geduldig wie der alte persische König, der Amsterdam zu Beginn des vorigen Jahrhunderts besuchte und diesen Besuch in seinem Tagebuch beschrieb. In einem meiner Manuskripte habe ich mir seine Erinnerung geliehen.

Er schreibt: »Amsterdam ist eine schöne Stadt, die Straßen sind sauber, die Häuser sehen aus wie von Kindern aufeinandergestapelte Keksdosen. Der König von Holland ist krank, er hat eine Tochter, die ihm nach seinem Tod auf den Thron folgt. Wenn das bei uns möglich wäre, würden wir Tadsch ol-Sultan zu unserer Nachfolgerin ernennen.

Wir fuhren in der Kutsche durch die Straßen, die von vielen neugierigen Menschen gesäumt waren. Wir sahen viele schöne Frauen, es gibt hier, glaube ich, überhaupt keine hässlichen.

Die Leute hatten noch nie einen Perser gesehen, ganz zu schweigen von einem persischen König. Sie winkten, und einige Frauen warfen uns einen Kuss zu. Wir fühlten uns etwas unbehaglich dabei, aber wir amüsierten uns.

Die Nacht verbrachten wir in einem besonderen Hotel, das an einem Kanal liegt und sehr sauber war, wir haben ausgezeichnet geschlafen. Es sind zivilisierte Menschen, diese Holländer.«

20. *Die Statue*

Heute schüttet es schon den ganzen Tag wie aus Kübeln, Kunden hatte ich so gut wie keine. In einem Brief an einen persischen Freund in der Heimat versuche ich, ihm eine Vorstellung von dem Regen zu geben. Aber mir fehlen die richtigen Worte. Deshalb übersetze ich ein Gedicht von Jacques Bloem. Denn nur ein niederländischer Dichter kann dieses Wetter beschreiben:

Es regnet und es ist November.
Wieder ist Herbst, und er bedrängt
Das Herz, das traurig, jedoch stets bereiter
Trägt den geheimen Schmerz.
Immer November,
Immer dieses bange Herz.

Wenn ich den Brief geschrieben habe, habe ich wieder Zeit, den Rest meiner Geschichte zu erzählen.

Ich weiß nicht mehr genau, wie lange ich mit meiner Familie vereint war, aber nach einiger Zeit kamen die Albträume zurück, ich verlor meine Lebensfreude, und Bitterkeit überfiel mich. Auch mit dem Schreiben klappte es nicht mehr, die Augen taten mir weh, ich bekam Kopfschmerzen und wurde aggressiv.

Wir stritten uns immer heftiger. Ich konnte nicht mehr für mich einstehen. Eines Nachts drohte ein Wortwechsel außer Kontrolle zu geraten. Da zog ich die Tür hinter mir zu.

Draußen war es kalt, auf den Pfützen lag eine Eisschicht, ich machte mich auf den Weg zum Deich. Zwei Polizisten auf Motorrädern hielten mich an.

»Was machen Sie hier mitten in der Nacht?«, fragte der eine.

»Ich gehe spazieren.«

»Das ist doch kein Wetter zum Spazierengehen! Gehen Sie doch lieber wieder nach Hause«, sagte der andere freundlich.

»Ich möchte nicht nach Hause.«

»Wieso nicht?«

»Ich habe Angst.«

»Wovor?«

»Vor meinen Händen.«

»Wieso denn das?«

Ich schwieg. Er leuchtete mir mit der Taschenlampe ins Gesicht. Der andere sprach etwas in sein Funkgerät. Kurz darauf erschien ein Streifenwagen, der mich zur Heilsarmee brachte.

Der große Saal war mit Landstreichern gefüllt. Die Nacht sollte kalt werden, und es standen zusätzliche Betten bereit.

Eine ganze Woche kam ich dort unter.

Die Heilsarmee also war meine Endstation. Ich habe Respekt vor all denen, die dort arbeiten, es sind bewundernswerte Menschen. Sie boten mir die Möglichkeit, nachzudenken. Eine Familie ernähren, arbeiten, studieren, schreiben und meine Vergangenheit verarbeiten – all das konnte ich leisten; ich musste es nur anders anstellen. Am siebten Tag wusste ich, was zu tun war.

Ich kündigte.

»Aber warum?«, fragte der Produktionsleiter. »Wenn Sie bleiben, sorge ich dafür, dass Sie eine bessere Stelle bekommen.«

»Vielen Dank, aber meine Zukunft liegt anderswo.«

Ich verabschiedete mich und ging zum Büro des amerikanischen Vertreters der Firma. Normalerweise durfte das Personal die Direktionsräume nicht einfach so betreten. Wenn man etwas brauchte, sprach man mit seinem direkten Vorgesetzten. Aber ich gehörte ja nicht mehr zum Personal.

»Come in!«, rief der Amerikaner.

Er war ein Mann in meinem Alter, ich hatte ihn gelegentlich in der Fabrikhalle gesehen.

»Was kann ich für Sie tun?«, fragte er auf Englisch.

Ich teilte ihm mit, dass ich gekündigt hatte, und sagte: »Könnten Sie dafür sorgen, dass ich ab und zu ausgemusterte Produkte kaufen darf?«

»Ausgemusterte Produkte?«, fragte er erstaunt.

»Ich habe einen Plan.«

»Einen Plan mit ausgemusterten Produkten?«

»Nein, einen Traum von der niederländischen Literatur.«

»What are you talking about?«, sagte er lächelnd.

Ich erklärte es ihm.

Der Amerikaner machte das Unmögliche möglich. Aus Erfahrung wusste ich, dass bei der Inspektion immer ein Teil der Produktion aussortiert wurde. Diese ausgemusterten Bohnen durften nicht auf den regulären Markt gelangen. Häufig war an dem Kaffee gar nichts auszusetzen, wenn auch immer ein Restrisiko blieb, dass die Qualität etwas schlechter war. Solche Chargen wurden zwischengelagert und zu Schleuderpreisen weiterverkauft.

Bei uns zu Hause wurden solche Waren in der Provinz an den Mann gebracht, in den Niederlanden landeten sie auf den Wochenmärkten, wo man Shampoo, Seife, Parfüm und Zahnpasta der großen Marken zum halben Preis bekommt.

Das galt auch für Kaffee. Ich wusste, dass er einwandfrei war. Etwas zu dunkel geröstete Kaffeebohnen haben ein besonders kräftiges Aroma und schmecken sogar besser und voller als normaler Kaffee. Die Auswahlkriterien bemaßen sich an amerikanischen Maßstäben. Amerikaner sind ihren eigenen Kaffee gewohnt, sie fügen viel Karamell, Schokolade und Zucker hinzu, bis vom ursprünglichen Kaffeegeschmack nichts mehr übrig bleibt.

Die aussortierten Kaffeebohnen bot ich Arabern, Türken und meinen eigenen Landsleuten, die in Deutschland Restaurants betrieben, zu einem äußerst niedrigen Preis an.

Ich kaufte mir einen gebrauchten Kleintransporter und wurde Kaffeemakler.

Wie ich schon öfter gesagt habe und weiterhin sagen werde: Ich liebe das Leben und glaube, dass es mich auch liebt.

Mein Geschäft mit dem Kaffee florierte, und da ich im Unterschied zu anderen Kaffeehändlern etwas von Qualität verstand, kaufte ich immer die besten der ausgemusterten Kaffeebohnen.

Innerhalb weniger Jahre hatte ich den Markt der Immigranten in den deutschen Städten erobert. Und sogar einen Teil des niederländischen Marktes.

Nach sieben Jahren konnte ich das kleine Haus Nummer 37 an der Lauriergracht käuflich erwerben, wo sich jetzt zu ebener Erde mein Laden befindet, während ich mit Frau und Tochter die obere Etage bewohne.

Bei der Industrie- und Handelskammer bin ich offiziell als Kaffeemakler registriert, aber die Industrie- und Handelskammer kann nicht bestimmen, wer ich bin.

Ich schreibe! Das ist meine eigentliche Arbeit.

Mir wäre die Vorstellung unerträglich, dass meine früheren Genossen für ihre Ideale gestorben sind und in ihren Gräbern liegen, während ich ausschließlich mit ausgemustertem Kaffee handle. Das würde nicht zu dem Haus passen, aus dem ich komme. Was würden die Männer meiner Familie sagen, wenn ihnen das zu Ohren käme?

Ihr Sohn, der Sohn des Tischlers, der in seinem Laden nicht einmal die »Stimme Amerikas« aus dem Radio duldete, handelt mit ausgemustertem amerikanischem Kaffee.

Ich würde den Kopf auf diese Theke legen und sterben, wenn das alles wäre.

Jahrelang habe ich an einem Bild in meinem Kopf festgehalten. So hatte es mich Onkel Dschalal gelehrt. Ich wollte, dass das Bild Wirklichkeit wird.

Der Tag wird kommen, an dem ich anlässlich der Veröffentlichung meines ersten niederländischsprachigen Buches einen bescheidenen Empfang in meinem Laden gebe.

Und dann passiert Folgendes: Die Königin fährt vor. Sie trägt einen auffälligen Hut. Mit einem Strauß bunter Tulpen nähert sie sich meinem Haus. Ich stehe mit meiner Frau und Tochter vor der Tür und neige den Kopf zum Gruß. Ihre Majestät drückt mir den Blumenstrauß in die Hand und sagt: »Ich habe Ihr Buch gelesen.«

Danach erscheinen alle meine Bücher eins nach dem andern.

Ich habe noch ein anderes ehrgeiziges Bild im Kopf.

Niemand außer der Krähe weiß etwas davon.

Für heute verabschiede ich mich: Ich muss an die Börse.

Heute Abend erzähle ich Ihnen von meinem Plan.

Wenn ich wieder zu Hause bin.

Amerika, 2010

Notiz des Autors

In meiner Erzählung zitiere ich aus wichtigen Werken der niederländischen Literatur. Manchmal lasse ich dabei ein paar Worte aus, manchmal füge ich ein paar Worte hinzu. Auf diese Weise habe ich die Zitate wie Edelsteine in meine Geschichte eingestreut.

Quellenverzeichnis

S. 23 f.: Herman Gorter, *Mai. Ein Gedicht*, Leipzig 1909. Aus dem Niederländischen von Max Koblinsky.

S. 31: Zitat übersetzt von Christiane Kuby.

S. 42: Gerrit Achterberg, *Smart* (Gedicht). Zitat übersetzt von Maria Csollany.

S. 46: Willem Frederik Hermans, *In de mist van het schimmenrijk*, Amsterdam 1993. Zitat übersetzt von Christiane Kuby.

S. 57: Louis Couperus, *Brieven van de nutteloozen toeschouwer*, Amsterdam 1918. Zitat übersetzt von Christiane Kuby.

S. 82 f.: G. A. Bredero, *Kluchten*, hrsg. von Jo Daan, Culemborg 1971. Zitat übersetzt von Maria Csollany.

S. 89: Frederik van Eeden, *Der kleine Johannes*, Berlin 1906. Aus dem Niederländischen von Else Otten.

S. 96: Zitiert nach: *Das Ambraser Liederbuch vom Jahre 1582*, hrsg. von Joseph Bergmann, Stuttgart 1845, S. 188.

S. 98: Tagebucheintrag vom 13. Mai 1944, aus: Anne Frank, *Gesamtausgabe. Tagebücher – Geschichten und Ereignisse aus dem Hinterhaus – Erzählungen – Briefe – Fotos und Dokumente*, hrsg. vom Anne Frank Fonds Basel, Frankfurt am Main 2013. Aus dem Niederländischen von Mirjam Pressler.

S. 107: Guido Gezelle, *Der Abend und die Rose*, in: *Niederländische Gedichte aus neun Jahrhunderten*, übersetzt und herausgegeben von Jérôme Decroos, Freiburg 1960.

S. 114: Kader Abdolah, *Der König*, Berlin 2013, S. 326. Aus dem Niederländischen von Christiane Kuby.

S. 115: Aus: J. C. Bloem, *Verzamelde gedichten*, Amsterdam 1965. Zitat übersetzt von Maria Csollany.

Die Originalausgabe erschien 2011 unter dem Titel *De Kraai* bei Uitgeverij de Geus.

Die Übersetzer danken Maria Csollany für ihre Hilfe bei der Übersetzung einiger Gedichte.

FSC www.fsc.org MIX Papier aus verantwortungsvollen Quellen FSC® C083411

ISBN 978-3-7160-2718-9

Deutsche Erstausgabe

Umschlagkonzept und -gestaltung: Sabine Wilms, Berlin
Gesetzt aus der DTL Dorian
Druck und Bindung: CPI – Clausen & Bosse, Leck
Printed in Germany

www.arche-verlag.com
www.facebook.com/ArcheVerlag